간도진위대

간도진위대

1판 1쇄 찍음 2014년 9월 26일
1판 1쇄 펴냄 2014년 9월 30일

지은이 | 듀이 문
펴낸이 | 정 필
펴낸곳 | 도서출판 뿔미디어

편집장 | 이재권
기획 · 편집 | 윤영상

출판등록 | 2002년 9월 11일 (제1081-1-132호)
주소 | 부천시 원미구 상3동 533-3 아트프라자 503호 (우)420-861
전화 | 032)651-6513 / 팩스 032)651-6094
E-mail | bbulmedia@hanmail.net

값 8,000원

ISBN 979-11-315-3636-0 04810
ISBN 978-89-6775-332-0 04810 (세트)

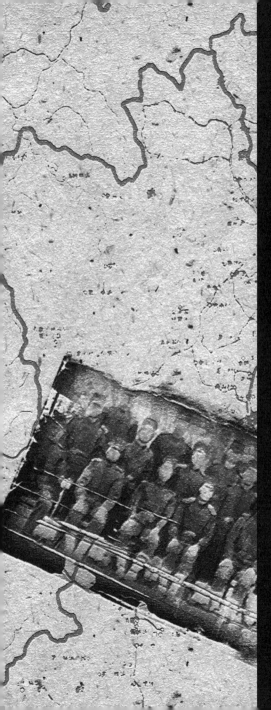

듀이문 대체 역사 소설

間島鎮衛隊 간도진위대 ⑦

행군하는 어느 병사의 입에서 나직이 군가가 흘러나왔다. 알제어 빼앗긴 강토를 되찾기 위한 첫 출정.

그 설렘 때문인지, 그의 노래가 행렬에서 조그맣게 맴돌기 시작하더니 이내 진군으로 길게 퍼져 나갔다.

이윽고, 간도 화룡골짜기에 간도진위대(間島鎮衛隊)의 군가가 힘차게 메아리치며 한가득 흘러 다녔다.

차례

제1장

결실의 계절

해란강의 선물, 화룡 평강벌.

해란강을 따라 형성된 30㎞에 달하는 이 너른 들녘이 황금빛으로 물들었다. 논배미마다 점점이 박힌 농부들은 허리를 펼 새도 없이 구슬땀을 흘리며 부지런히 벼를 벤다.

요 며칠 계속되는 중노동에도 이들의 표정은 더 없이 밝았다. 이제 죽어라 추수를 해 봤자 소출의 태반을 빼앗아 가던 점산호도 없다. 그나마 남긴 곡식을 노리고 달려드는 도적떼도 없다. 이제 온전히 추수의 기쁨을 누리게 되었으니, 정당한 노동의 대가를 받게 되니 웃음이 절로 나온다.

하지만 이 현장에서 다른 반응을 보이는 이도 있다.

"역시 쭉정이도 많고…… 올 농사는 영 아니군."

간도 농업연구소의 김장희 소장은 지난 늦봄에 나눠준 신품종 벼의 낱알을 확인하며 실망한 표정을 지었다. 그간 벼의 상태를 정기적으로 체크해 온 터라, 그리 큰 기대를 하지 않았지만 막상 수확 때가 되니 기대치보다 더 밑돌았던 것이다.

"아니, 그기 무시기 말임매? 이거이가 풍작이 앙이란 말임둥?"

"그렇습니다. 더 낱알이 달려야 하는데…… 볍씨를 뿌린 시기가 좀 늦다 보니 이런 결과가 나온 것 같네요."

"허허! 요해하기 어렵꼬마. 년해에 비해 두 배나 더 거뒀는디."

추수하던 농민들은 이장희의 평가에 대해 납득하기 어려운 모양이다. 엄청나게 달린 낱알을 보고 대풍이라고 다들 좋아했는데 풍작이 아니라니.

"다음 해엔 더 많이 거둘 겁니다. 그럼 약속대로 이 볍씨는 우리가 다 가져가겠습니다."

"고럼 우린 돈표르 받으면 되오?"

"돈으로 받으셔도 되고, 추수한 양만큼의 쌀로 받으셔
도 됩니다."

"오! 고로케 많이 받아도 됨매? 고맙꾸마. 고롬 담 봄
에도 종자루 꼭 주기오."

"예, 예! 그래 주신다면 저희가 더 고맙죠."

쌀 이외에 이 주 전에 수확하기 시작한 신품종 옥수수
도 많은 소출을 냈다. 농업연구소는 이 또한 다음 해에
종자로 쓰겠다며 모두 수거해 갔다. 사탕무 같은 특용작
물 또한 씨앗이 열릴 때까지 기다렸다가 종자를 수확했
다. 농업연구소는 이런 식으로 종자의 보유고를 높여 간
후 간도 전역에 보급할 예정이라 했다.

평강벌의 초입지대라 할 수 있는 서성읍까지 나와 추
수 장면을 지켜보는 주정부 인사들. 그리고 이들 중에 몇
주 전 간도로 들어온 의친왕 이강의 모습도 보인다.

"오호! 저 탈곡기는 주정부에서 만든 것이오?"

"그렇습니다, 전하."

"확실히 농부들에게 큰 도움이 되겠네요."

의친왕은 논 한편에서 말린 볏단을 탈곡하는 장면을
목격한 모양이다. 농부들이 사용하고 있는 수동식 탈
곡기는 주정부에서 추수기를 대비해 급히 만들어 준

것이다.

발판을 밟으면 굽은 철사가 촘촘하게 박힌 통이 돌아가는 원리로, 미래에 널리 쓰이게 되는 기계였다.

비교적 간단하게 만들 수 있는 기계라 백여 대를 생산해 마을마다 몇 대씩 보급해 주었다.

그나마 이 혜택을 본 것도 화룡 지역뿐이다. 첫해라 어쩔 수 없는 일이다.

"참으로 수려한 풍광이오. 간도의 가을 날씨가 이리 청명할 줄은 몰랐습니다."

들판으로 향했던 의친왕의 시선은 어느새 하늘로 올라갔다.

구름 한 점 없는 파란 가을 하늘이 그의 시선을 반긴다.

그는 간도에 도착하자마자 주정부 인사와 간도주민들의 뜨거운 환영을 받았다.

주정부 청사 앞에서 정식 환영 행사도 열렸다.

이때 군악대가 처음 선을 보였고, 화룡의 본부 중대가 펼친 열병식도 주민들에게 최초로 공개되었다.

주정부는 이처럼 의도적으로 행사 규모를 키워 의친왕이 간도에 들어왔다는 사실을 주민들에게 널리 알렸다.

또한 주정부 막사에서 조금 떨어져 있는 지팡이의 저택을 임시 의친왕부로 정해 급하게 꾸몄다.

원래 이 저택은 탁지부에서 쓰고 있었다. 숙소가 정해진 이후 이강은 화룡시도 돌아보고 주정부 회의에도 참석하며 간도에 조금씩 적응해 가고 있는 중이다.

"주지사님, 과인이 첫날 행사 때 했던 말 기억하시오?"

농부들의 추수 장면을 물끄러미 바라보던 의친왕은 표정을 굳히며 말을 꺼냈다.

"물론이옵니다. 전하."

태진훈은 그때의 일을 떠올렸다.

"의친왕 전하 천세!"

"천세!"

진입로에 도열한 주민들의 목소리였다.

의친왕이 탄 군용 지프차가 모습을 드러내자 주민들은 두 손을 들어 환영해 주었다.

몸을 굽실거리며 반절을 하는 이도 있었다. 주정부로부터 의친왕이 온다는 사실을 들은 주민들이 자발적으로 나온 모양이다.

"허허! 오시는 모양이오. 꿈 같구려. 이곳 간도에서 전하를 뵙게 되다니."

이학균은 감회가 남다른 듯 목소리마저 떨려 나왔다.

차가 청사 앞 대로로 접어들자 군악대의 연주가 시작되었다.

몹시 흥분한 듯, 상기된 표정의 의친왕이 차에서 내리자 태진훈 주지사를 필두로 모두가 그 자리에서 절을 했다. 현상건이 가르쳐 준 예법 그대로였다.

의친왕 이강은 깜짝 놀랐는지 주정부 인사들 중, 맨 앞에 있는 태진훈에게 뛰어와 그의 몸을 일으키려 했다.

"이럴 필요 없소. 모두 예를 거두시오."

"전하! 그래도 어찌……."

"어느 분이 주지사님이오?"

"제가……."

그 말을 듣자 의친왕은 태진훈의 손을 덥석 잡더니 그와 눈높이를 맞추려는 듯 무릎을 꿇었다.

"이렇게 따뜻이 맞아 주시니 과인이 몸 둘 바를 모르겠소. 그러니 어서 예를 거둬 주시오."

의친왕은 태진훈의 손을 잡아 일으키더니 다른 이에게도 큰 소리로 말했다.

"자! 모두들 일어서시오. 과인은 우리 충신들의 얼굴을 보고 싶소이다. 어서요!"

주정부 인사들은 서로 눈치를 보더니 하나둘 슬그머니 몸을 일으키기 시작했다.

하지만 여전히 고개를 들지는 않았다.

이 또한 현상건이 가르쳐 준 대로 한 행동이다.

"허허! 고개를 드시오. 과인이 얼굴을 보고 싶다 하지 않았소."

의친왕의 말에 다시 하나둘 고개를 들었다.

"내 간도사람에 대해 들은 바가 있소. 이런 예법에 익숙지 않은 걸 잘 알고 있으니 평소 하던 대로 해도 좋소. 그리고……."

말을 하며 사람들의 얼굴을 하나하나 살피던 의친왕은 한마디 더 덧붙였다.

"과인은 간도로 향할 때 이미 결심을 했소. 과인은 황자이고 황족이나, 이로 인해 간도에 불편을 주면 안 된다는 것을 말이오. 겨우 황족 대접이나 받으려 했다면 간도에 오지도 않았을 것이오. 그러니 과인을 신민의 한 사람으로, 동료로 대해 주셨으면 좋겠소."

"전하! 아니되옵니다. 폐하의 신하가 어찌 친왕전하와

같을 수 있겠습니까? 천부당만부당한 일이오니 그 말씀은 거둬 주시옵소서."

의친왕의 말에 이학균이 강하게 반발했지만, 의친왕의 결심은 굳은 상태였다.

그는 고개까지 가로로 저으며 단호하게 말했다.

"정 받아들이지 못하겠다면 과인의 명령이라 생각하시오. 과인이 명령을 내렸는데도 듣지 않을 것이오?"

이 장면을 떠올린 태진훈. 그의 입가에 미소가 감돈다.

"이제 과인에게도 일을 주시오. 왕부에 들어앉아 인사나 받는 허수아비 황족이 되고 싶지 않소이다. 어떤 일이든 좋소. 내 힘닿는 대로 주정부 일을 돕고 싶습니다. 이래 봬도 미국 유학파입니다. 전혀 쓸모없는 위인이 아니라는 말이지요. 하하하!"

호탕한 의친왕의 웃음에 태진훈도 미소로 화답했다.

"알겠습니다, 전하."

"오오! 그럼 결심이 선 것이오?"

"안 그래도 이 문제로 각료들과 많은 의견을 나누었나이다. 혹시…… 법에 관심이 있으십니까?"

"법?"

"그렇습니다. 간도엔 아직 사법부가 없습니다. 법을 연구하고 법 제정을 준비하는 법부라는 각료 조직만 있을 뿐, 미국처럼 독립된 사법 기관이 없습니다."

"사법부라……."

"당장 사법부를 조직할 여력이 없습니다. 인력도 없고. 그러니 당분간 법부 고문 일을 하시면서 법률 제정에도 힘을 보태 주시고, 각 행정 조직에서 올라온 최종 송사도 맡아 주시지 않겠습니까?"

"상당히 중요한 일이군요."

"그렇습니다, 전하. 우리 백성들에게 생소한 사법부가 제대로 자리 잡으려면 약간의 권위가 필요합니다. 그러니 전하를 중심으로 사법부 체계를 조금씩 만들어 가다 보면 백성들도 능히 수긍할 것이옵니다."

"흠…… 그럼 간도의 인사들은 국가 모델로 삼권분립을 염두에 두고 있겠군요. 곧 의회도 만들 거고."

"그렇사옵니다, 전하. 하지만 요원한 일입니다. 당분간 행정부가 독주할 수밖에 없는 체제가 유지될 겁니다. 하지만 주민 교육이 어느 정도 성과를 보이고 행정망이 촘촘해지면 조금씩 추진해 나갈 생각입니다."

"허허! 무슨 말인지 알겠소. 그대들이 지향하는 국가

모델이 무엇인지 말이오."

의친왕은 태진훈의 말이 어떤 선언에 가깝다는 것을 이내 깨달았다.

간도인들이 지향하는 바를 알게 된 것이다.

어쩌면 이 체제에서 황실이 비집고 들어갈 자리가 없을지도 모른다. 또 황실이 어떤 태도를 취하느냐에 따라 이들과 공존할 수 있다는 생각도 들었다.

하지만 지금까지 간도 사람들의 태도를 보면 후자에 가까워 보인다. 그래서 사법부를 맡아 달라는 말이 대단히 의미 있게 다가왔다.

"그나저나 저렇게 알곡이 쌓이는 걸 보니 곧 벌레가 꾀겠구려."

"그게 걱정입니다. 이 평화롭고 풍요로운 화룡과 달리, 다른 지역은 곧 전쟁터로 바뀔 겁니다. 이 고비를 잘 넘겨야 할 텐데……."

태진훈의 얼굴이 어두워진다.

의친왕 또한 고개를 끄덕이며 한숨을 내쉬었다.

소강상태로 몇 주가 흘러가자 다시 팽팽한 기류가 간도에 흐르고 있었다.

간도진위대는 이미 이를 예측하고 가을 대 회전을 준비한 상태다.

러일 양군은 완전히 휴전을 하고 서부 봉천 전선에서 병력을 빼기 시작했다.

일본이 할양받은 요동반도 끄트머리의 여순과 대련 지역, 연해주 연추 지역은 예외였다.

일제는 요동을 관동주(關東州)로, 연추 지역은 연해주(沿海州)로, 사할린은 화태주(樺太州, 가라후토주)라 명명하고, 각기 도독부를 설치하기로 했다.

그리고 관동과 연해주엔 각기 1개 사단을 사할린엔 1개 연대 병력을 수비대로 주둔시키기로 했다.

관동주에 배치하게 되는 수비대는 후일 그 유명한 관동군의 모체가 된다.

이 군의 주 임무는 남만주 철도를 방어하는 것이다. 남만주 철도는 대련—장춘—하얼빈으로 이어지는데, 이번 전쟁의 결과로 러시아로부터 넘겨받은 노선이다.

연추에는 기존 15사단이 주둔하기로 했고, 13사단은 남하하여 함경도 해안지대를 지키기로 했다.

또한 이번 전쟁 끝에 해체하기로 한 사단들 중에서 병력 일부를 차출하여 부족한 병력을 채운다는 방침도 세워 두었다.

두 사단 모두 절반의 병력을 잃은 상황이라 1개 사단 병력이 더 투입되는 것과 같은 결과를 낳았다.

이런 결정을 한 일본은 몹시 속이 쓰릴 수밖에 없었다.

원래는 1개 사단만 추가로 투입해 대한제국의 병합을 시도하려 했는데, 그 병력이 연해주 전투로 인해 공중으로 날아가 버린 것이다.

그래서 1개 사단의 추가 투입 여부는 아직 결정하지 못한 상황이다.

이번 전쟁에서 수십 개의 사단을 과감하게 동원했던 일본이 이제 1개 사단의 투입 문제로 고민하는 것만 봐도 이 전쟁의 후유증이 얼마나 컸는지 능히 이해할 만했다.

러일 양군의 철수가 시작되었으니 이제 청의 관군과 마적들이 기지개를 켜기 시작할 터였다.

간도진위대 사령부는 청의 관군보다 마적 세력의 동향에 더 신경을 썼다.

만주에서 청의 행정력은 미미한 상태라는 건 주지의 사실이다.

청조 내내 만주는 다른 중국 지역처럼 성(省)이란 행

정체제 없이, 군이 통치하던 지역이었다.

동삼성(東三省)이란 관청이 들어서고 서세창이란 이가 총독으로 부임하는 시기가 앞으로 2년 뒤인 1907년의 일이다.

그전에는 만주 전역을 명목 상 성경(盛京)장군, 길림(吉林)장군, 흑룡강(黑龍江)장군의 통치하에 두었고, 몇 개의 인구밀집 지역을 중심으로 주나 현을 설치하는 정도였다.

이는 19세기 후반부터 한족의 유입이 시작되면서 생긴 현상이었다.

또한 만주 곳곳에 산재한 토호세력들이 자체적으로 지방의 행정 체계를 장악하고 있어서 중앙의 행정력이 미치는 곳은 길림이나 봉천 같은 몇 개의 대도시에 한정된 상태였다.

"그러므로 앞으로 가장 치열하게 전투가 벌어질 곳이 액목 주변 지역이 될 거라고 확신합니다. 그래서 이 추론을 근간으로 작전 계획을 수립했습니다."

간도진위대 사령부의 추영철 작전 참모는 이렇게 단언했다.

"간도에서 피난 갔던 대부분의 청 관료와 점산호들이

옆 도시인 길림시에 모여 있기 때문입니다. 이에 따라 적의 진군로를 대략 세 군데로 예측해 보았습니다."

추중령은 지도에 표시된 적의 예상 진군로에 대해 설명하기 시작했다.

"첫 번째는 액목읍 서북쪽의 망우하(牤牛河) 계곡 길을 따라오다 그대로 동진해 랍법하(拉法河) 상류지대를 거쳐 액목으로 들어오는 길입니다."

그의 말만 들어서는 이해하기 힘들지만 지도를 보면 금방 이해할 수 있는 길이다.

후대에 철도가 놓이는 노선이기 때문이다.

액목과 길림시 사이에는 거대한 산악지대가 놓여 있다. 장광재령(張廣才嶺)의 남쪽 끄트머리에 달린 지맥으로 노야령(老爺嶺, 1284m)이라 불리는 지역이다.

장광재령은 동쪽 장백산맥과 평행하게 뻗어 있는 만주지역의 대표적인 산맥으로 간도자유주의 서북쪽 국경에 해당되는 산줄기이다.

노야령이란 이름은 만주 여러 곳에서 발견된다.

동쪽 장백산맥의 지맥 중 하나도 노야령이고, 압록강변에도 노야령이 있다.

어쨌든 길림과 액목을 나누는 산줄기도 노야령이었다.

망우하란 이름이 붙은 하천 또한 만주 곳곳에 있었다. 여기서 그가 말한 망우하는 송화강의 지류였다.

"두 번째는 첫 번째 길에서 파생된 진군로라 할 수 있는데, 첫 번째 진군로의 중간 지점, 즉, 망우하 길 중간에서 남하한 다음 비교적 낮은 협곡 지대를 따라 액목군으로 들어오는 길입니다. 세 번째는 강줄기를 따라 오는 노선입니다. 길림에서 송화강을 따라 동남진 하다, 다시 랍법하를 타고 북상하는 길입니다. 또 랍법하를 타지 않고 바로 동진하면 돈화에도 닿을 수 있어 매우 중요한 노선이라 할 수 있습니다."

랍법하는 액목을 남북으로 관통하는 하천으로 이 또한 송화강의 지류이다.

후세에 액목은 교하시(蛟河市)로 이름이 바뀌게 되는데 이 도시 부근에서 랍법하와 합류하는, 교하(蛟河)란 하천 이름에서 유래된 것이다.

"그럼 이 세 지역을 중심으로 작전을 짜야겠군."

"그렇습니다. 하지만 제 2지대에서 발생할 수 있는 마적 병력도 경계해야 하기 때문에 다른 지역도 대책을 세워 두었습니다."

어느 순간부터 주정부에서는 이번에 새로 점령한 영토

를 편의상 제 2지대라 부르기 시작했다.

그래서 국경선 밖에서 쳐들어오는 마적이나 청군 병력을 방어하는 것과 제 2지대 내에서 발생하는 마적을 토벌하는 것, 이렇게 두 가지를 작전 목표로 삼았다.

"신병들의 자대 배치와 부대 개편을 모두 끝냈겠지?"

"그렇습니다."

모아산과 화룡, 숭선 훈련소의 훈련병들은 장순택 사령관의 결단에 따라 조기 퇴소해 이미 자대 배치를 끝냈다.

이전 선견대 병력이 주축이 된 4, 5, 6연대는 병력 전체가 교대로 훈련을 하고 있어 신병이 없는 상황이지만, 1, 2, 3연대는 각 1,000명씩 3,000명이 훈련을 받고 있었다.

서부 전선의 상황이 급하다 보니 이 신병들의 소속을 조정해 상당수를 제2연대에 배치했다.

제3연대 소속의 신병 중 절반에 해당되는 500명을 2연대에 추가 배치하고, 기존 3연대 병력 중 3개 중대를 2연대로 전출시켰다.

신병만 1,500명이나 되는 2연대의 형편을 고려해 취한 조치였다. 이에 따라 3연대의 병력 수는 전과 동일했지만, 2연대는 총 3,500명 규모의 대규모 연대가 되었다.

이에 제 2연대장인 송상철 준장은 연대본부를 액목으로 옮긴 후 연대를 재편성했다. 각 대대 인원을 150명씩 증원해 대대마다 1개 중대를 더 만들게 했고, 두 개의 대대를 더 창설, 5개 대대 체제로 개편함과 동시에 연대본부 병력도 대폭 늘렸다.

그리고 소속 대대 중 1대대는 임강 지역의 방어를 3연대 병력에 위임하고 백산 서부 지역의 방어를 담당하기로 했고, 2대대는 화전 지역, 3대대는 북쪽 목단강시 서부 지역과 장광재령 지역을, 새로 창설된 4대대는 액목읍과 그 북쪽 지역, 5대대는 송화강과 랍법하 합류 지점을 담당하게 했다.

이들 대대들은 국경선을 방어함과 동시에 각기 1개 중대씩 차출해 그간 미뤄 두었던 후방 제 2지대의 마을들에 대한 점령 및 정리 작업과 영토 내 마적 토벌을 맡기기로 했다.

목단강시를 중심으로 동청철도의 동부 구간 지역과, 러시아 접경지대인 수분하시와 동령 지역은 해병대가 담당하고 있는데 해병대 또한 이번에 신병 300명이 새로 배치되면서 영토 내 토벌대를 구성할 수 있는 여력이 생겼다.

해병대도 이제 거의 1,000명 가까운 병력을 보유하게 되었다. 이들도 2개 중대를 차출해 영토 내 점령 작전을 실행하기로 했다.

제 1연대 또한 증원된 1,000명의 병력을 각 대대에 골고루 배치해 대대의 인원수를 늘렸고, 1개 대대를 더 창설했다.

이에 따라 연추의 일본군과 마주 대하고 있는 지역에 3개 대대 병력을 촘촘히 배치했고 나머지 1개 대대 병력으로 그 이북의 러시아 접경지대를 지키게 했다.

"마적들 규모가 크지 않아야 할 텐데……."

"솔직히 서부에서 침입해 들어오는 적들에 대한 방어는 크게 걱정되지 않습니다. 그보다 영토 내에서 갑자기 출몰하는 마적이 더 문제라 할 수 있습니다. 워낙 넓은 면적에다, 정리 안 된 마을도 많고, 예상치 않게 적들이 갑자기 모습을 드러내게 되면 대응할 시간이 부족하기 때문입니다."

"물론 대책을 세워 놨겠지?"

"그렇습니다. 영토 내에서 마적 출몰 염려가 없는 제

1지대를 지키는 치안대 병력 중 일부와, 새로 증원된 치안대 병력을 활용할 계획을 내부와 상의해 세워 두었습니다. 이들은 제 1지대의 방어를 맡게 될 겁니다. 물론 요처에 배치된 소대 병력 규모의 진위대 병력과 합동 작전도 펼치게 됩니다."

"괜찮을까? 치안대 병력으로⋯⋯."

"잘 모르겠습니다. 치안대가 아직 제대로 실전을 치른 적이 없어 결과를 예측하기 어렵습니다. 예비 병력이 없는 상황에서 이들이 유일한 대안이니 믿고 맡기는 수밖에 없습니다."

"어쩔 수 없단 말이군. 그럼 보급 계획도 잘 짰겠지?"

"그렇습니다. 기존 민간인 보급대 이외에 이번에 대거 들어온 보부상들과 계약을 맺어 놓았습니다. 북부는 목단강까지 도로를 뚫은 상태지만, 서부는 이제 공사를 시작한 관계로 인력을 대거 활용하는 수밖에 없습니다. 보급대의 호위는 치안대원들이 담당하기로 했습니다."

서부 지역은 각기 명월, 송강진, 내두산까지 도로가 뚫린 상태다.

각 부대가 진격했던 노선을 따라 도로를 내기로 계획을 세워 놓았고, 이제 제 2지대를 대상으로 한 토벌 작전이 시작됨과 동시에 도로 공사에 착수하기로 한 상태다.

음울한 기운이 흐르고 있는 한성 거리.

이 기운은 처음 식자층 사이에서 돌기 시작하더니 이젠 널리 퍼져 일반 시민들까지 전염시켰다.

이 음울함의 정체는 패배주의였다.

희망이 없는 시대가 되어 간다는 것. 죽도록 싫은 왜놈의 치하에서 살게 될지도 모른다는, 이 믿기지 않는 일이 이제 현실로 다가오게 되었다는 사실을 이제 조금씩 받아들이기 시작한 것이다.

가슴은 용납하지 못해도 머리는 납득하게 되었다는 말이다.

이 시대는 사람들에게 선택을 강요한다.

저항할 것이냐, 순응할 것이냐. 순응을 삶의 방식으로 선택한다고 해서 모두 친일파가 되는 것은 아니다.

속에서 욕지거리가 튀어나올지라도 억누르고 그저 모른 체하고 살면 그만이다. 하지만 적극적인 순응을 처세의 방편으로 이용하는 자는 경우가 다르다.

생존 제일주의를 유일한 삶의 명분으로 삼고, 공동체

를 배신할 각오를 해야 한다. 또 그 선택에 따른 사회적 책임도 져야 한다.

하지만 이미 기울 대로 기울어 버린 국운 때문에, 그 책임에 대한 면책이 가능할 거란 생각에 이 길을 걷는 이가 늘어나기 시작했다.

굳이 일진회만이 아니다.

관료와 일반 백성들 중에도 친일파가 점차 늘어나고 있었다.

하지만 그 책임을 추궁하고 다니는 집단의 힘도 이에 비례해 커지고 있다.

바로 민우가 만든 조직이다.

간도에서 가져온 자금에 황제의 하사금이 더해지자 조직의 덩치를 크게 키울 수 있었다.

조직원을 철저히 점 조직으로 연결하고 무기까지 지급할 수 있게 되자 이제 일본의 밀정들에 맞서 본격적으로 첩보전을 할 수 있을 정도가 되었다.

일제에게 밀정으로 고용된 이들은 민우의 첩보 조직에 의해 속속 처형당하고 있었다.

이 때문에 밀정의 배후에 있는 흑룡회는 더 많은 돈과 인력을 쓰게 되었다.

또한 밀정들의 역량도 점차 하락하고 있었다.

이런 흐름을 간파한 민우는 조직원을 집어넣어 이중간첩으로 활용, 적의 정보를 빼내기도 했다.

"후우! 이러다 인간백정 되겠어. 이제…… 좀 피곤하군."

이 말을 하는 진아람 팀장의 표정이 무척이나 어둡다.

한성의 특전대 세 개 팀은 역할이 달랐다.

경정민 팀은 한성 인재 포섭 일을, 정종한은 안가 식구와 요인을 호위하거나 안가를 지키는 일을, 첩보 조직의 운영과 적의 밀정을 처리하는 일은 진아람 팀이 맡고 있다.

그러다 보니 첩보전의 최전선에서 활동하는 진아람 팀에게 과부하가 걸리고 있었고, 이에 따른 스트레스도 만만치 않았다.

"죄송합니다. 선배님께 너무 무거운 짐을 지운 것 같군요."

민우라고 그의 속을 모를 리가 없다. 그 자신도 밀정을 처리하고 나면 그날 밤 꼭 술을 곁들여 속을 달래곤했다.

"견뎌야지. 이곳도 전장이라 생각하면 그리 꺼릴 일도

아니지."

"그렇군요. 여기도 전장이죠. 전장보다 더 치열
한……."

"시시한 얘긴 그만 집어치우고, 다음 계획은 뭔가?"

"일단…… 현상건과 이학균 고문님의 집안사람을 개성
으로 이사시키는 겁니다."

"이사?"

"물론 대외적으로. 패물과 옷가지만 챙겨 개성으로 떠
나라고 할 겁니다. 개성까지는 공개적으로 가되, 도착하
면 사라지는 겁니다."

"오! 좋은 생각이군. 그럼 팀원 두 명 정도 보내 이사
행렬을 비밀리에 호위하면 되겠군. 그리고 개성에 도착
하면 적의 끄나풀을 바로 잘라 버리고. 따라붙었다면 말
이지."

"그렇습니다. 이번 기회에 개성에도 안가를 만들어야
하니 제국익문사 요원 한 명과 동행하게 할 생각입니다.
그래서 그 가족들이 안가에서 머물다가 이번 2차 간도
이주민 행렬에 합류하는 거죠."

"으흠! 좋군."

이들의 대화가 끝날 무렵, 이번엔 단골손님들이 민우

를 찾는다.

이회영과 이상설, 그리고 얼마 전 이 대열에 합류한 신채호였다.

처음 대면한 날 이후, 신채호는 신문사 일이 파하는 대로 민우의 안가를 매일 찾아왔고, 이 와중에 이상설 등과 더욱 돈독히 친분을 다질 수 있게 되었다.

신채호는 독립협회에서도 활동한 전력이 있어 이회영과 이미 교류가 있었고, 이런 연줄로 다들 알고 지내는 사이이긴 했다.

이상설은 자리에 앉자마자 하급관료의 간도 이주 계획에 대한 안건을 꺼내 놓았다.

"궁내부와 한성부의 젊은 관료를 중심으로 스무 명 정도가 간도 행에 동의했다네."

"생각보다 많은데요?"

"많은 게 아닐세. 황명은 아니라 해도 폐하의 권유사항이란 것을 은근히 곁들여 얘기했지만, 간도가 워낙 먼 곳이라 그런지 대부분 난감해하더군. 충성심으로 똘똘 뭉친 관료들이 아닌 한 쉽게 결심하지 못하는 모양일세. 다행이라면 먼저 간도로 간 이들이 보낸 편지를 보고 한성의학교 졸업생도 그렇고, 다른 학교 출신도 대거 간도

행을 결심했다는 거네. 이번에도 외국어학교 졸업생들이 많이 합류할 거네. 그리고 부탁했던 여진어가 가능한 역관도 몇 명 가기로 했네."

"오! 그렇습니까? 다행이네요. 이제 상황이 급변하면 간도로 가는 관료들도 점차 늘어날 겁니다. 너무 걱정하지 마십시오."

이제 이회영과 이상설은 민우에게 하대를 할 만큼 편한 사이가 되었다.

"그럼 그들과 가족들을 어떤 방식으로 보낼 텐가?"

고개를 끄덕이며 얘기를 듣던 이회영이 둘의 대화에 끼어들었다.

"사직을 하고 낙향한다 하면 될 겁니다. 왜놈들은 이들이 하급관료이니 뭘 하든 크게 신경 쓰지 않을 겁니다. 각자 고향 방향의 성문을 빠져 나온 다음 개별적으로 개성에서 합류한 후, 인원이 차면 간도로 보낼 계획입니다."

이번엔 주위에 보는 눈도 있어 1차 집결지를 개성으로 정했다. 그래서 안가와 성한양행 지사도 개성에 만들 예정이다.

"호위는 누가 맡게 되나?"

"경정민 중령 팀이 평양까지 담당하게 될 겁니다. 평양엔 박명환 중령팀이 대기하고 있을 거고요."

"허허! 든든하군. 경 중령이 함께한다니……."

말을 마친 이회영은 신채호에게 시선을 주더니 불쑥 질문을 던졌다.

"단재도 이번 기회에 간도로 들어가시는 게 좋지 않겠소?"

"하루에도 몇 번씩 그런 생각이 들곤 합니다만…… 아직 한성에 남아 할 일이 있습니다. 또 고 국장도 제게 당분간 같이 일하자고 제안했습니다."

"그게 무슨 일이오?"

"우리 신문사 인맥을 통해 인재도 모으고, 신문 논설을 통해 고 국장의 일을 도울 생각입니다."

민우는 신채호를 만난 이후 그가 몸담고 있는 황성신문을 적절히 활용할 생각을 한 모양이다.

굳이 정치외교적인 부분의 쓸모만 생각하기보다, 이 시대에 민중과 지식인들이 품고 있는 잘못된 환상을 타파할 목적도 있었다.

조금씩 늘어나고 있는 맹목적인 서양 사대주의 세력이나, 일본을 동경하는 친일파 세력을 견제하자는 것이다.

일종의 사상전이라 할 수 있다.

이 때문에 신채호는 매일 밤 민우 집에 찾아와 책을 건네받거나 여러 문제로 토론을 벌이고 있었다.

"허허! 그래서 매일 여길 찾아오는 모양이오. 게다가 고 국장과 같이 있다 보면 시간 가는 줄 모를 만큼 재미도 있을 테고."

"그렇습니다. 그 덕에 많이 배우고 있습니다."

"하기야 나도 그렇다오. 고 국장이 가져다준 책을 읽다 보니 세상을 보는 시각이 많이 달라집디다. 내 지인들도 매일 책을 돌려 읽으며 토론하고 있지요."

이번에 민우가 간도에서 가져온 책은 책이라기보다 급히 프린트해서 제본한 형태였다.

서양사와 서양철학사, 지리서 등의 기존 출판물을 편집해 미래사 부분과 미래 연대가 표기된 부분만 삭제해서 가져온 것이다.

이 시대에 돌고 있는 부정확하고 서양 중심적인 시각에서 쓰여진 책들, 서양의 역사와 서구적 근대성을 미화한 책이 아니라, 후대에 이를 비판적으로 분석한 책이다 보니 이 시대 한국의 지식인들에게 딱 들어맞았다.

이 책들은 서구 근대화 과정의 여러 모순과 문제들,

문명의 허상, 제국주의의 폭력성 등을 날카롭게 지적하고 있었다.

"제가 보기에 단재 선생은 대한제국을 대표하는 사상가로 성장하실 분입니다. 그러니 부지런히 공부에 힘쓰시고 더욱 냉철하게 시대의 흐름을 읽어야 합니다. 또한 우리 역사에도 더 관심을 가져 주십시오."

이 말을 하는 민우의 표정이 더 없이 진지하다.

신채호는 14세에 사서삼경을 떼서 신동이란 소릴 정도로 명석한 두뇌를 지녔고, 신문물에도 밝았다.

그가 단발을 결심한 것도 구시대 지식인에 머무는 것이 아니라, 새로운 시대로 나아가겠다는 의지의 표상인지도 모른다.

민우는 신채호가 원 역사에서 활동했던 그 모습 그대로 학자와 사상가로, 또 지사로 성장해 주길 바랐다.

"부족한 소생을 이리 높게 보아 주시니 몸 둘 바를 모르겠습니다."

"허허! 너무 겸양하지 마시오. 단재야말로 소문난 천재 아니오?"

이상설 또한 민우의 말을 거들어 주었다.

이에 이회영도 그동안 느낀 점을 풀어놓았다.

"고 국장의 말이 맞소. 오랫동안 고 국장과 대화하고 나름 책도 찬찬히 읽다 보니 많은 것을 느꼈다오. 겨우 서양을 흉내 내기 시작한 일본에 다녀오더니 세상을 다 아는 양 큰 소리치고 다니는 인사들이 좀 많소? 서양 문명 또한 그 실체를 바라보니 우리가 가려 받아들여야 할 거란 생각이 들었소. 순수한 명분 뒤에 숨어 있는 탐욕과 폭력성이 엿보이더이다. 그들의 사상을 액면 그대로 받아들이면 안 되겠다는 생각이 들었소. 그러니 일본과 서구문명의 실체를 깊이 탐구하여 신문에 실어 주시오. 더 많은 사람들이 알 수 있게 말이오."

"네, 명심하겠습니다."

신채호의 눈이 초롱초롱 빛났다.

그간 나라 걱정에 잠을 못 이루었지만 간도가 든든하게 버텨 주고 있어 시름을 덜었다.

이젠 자신이 하고 싶은 일을 하면 된다.

민우와 두 선생이 말하는 바가 곧 자신이 하고 싶은 일이었다.

확실히 외부에서 물품이 계속 공급되고 일할 사람이 늘어나니 간도는 더욱 활기를 띠고 있었다.

"예상보다 발전 속도가 빨라지고 있는 것 같습니다."

"그에 따라 마스터플랜도 계속 수정하고 있지요."

"수많은 인재들이 일찍 합류한 덕분인 것 같습니다. 또 주민들이 일 배우는 속도도 생각보다 빠르고요."

업무 점검 차, 소집된 주정부 각료 회의에서 참석한 인사들은 이구동성으로 일의 진척도가 빨라졌다는 얘길 하고 있었다.

"주민들이 제기한 여러 민원들 중 하나를 안건으로 올렸으면 합니다. 주정부 직원이 된 분들도 그렇고, 주민들도 이런 얘기를 하더군요. 왜 주정부에선 20세 이상만 성인 취급하느냐고…… 그 때문에 장성한 아이들이 주정부에서 제공하는 그 많은 일자리 하나 갖지 못하고 그저 농사일만 거들고 있는 걸 보면 속상하답니다. 학교에 보내 공부를 시키고 싶어도 학교도 없으니…… 그나마 있는 학교라곤 사범학교뿐인데, 여기도 20세 이상만 입학할 수 있고…… 그러니 어린 아이라면 몰라도 열네 살 이상 된 아이들을 위한 대책을 마련해 달라는 겁니다."

내부 부장 허정이 이 안건을 꺼내자 다른 이들도 잘됐다는 듯이 거들고 나섰다.

"저희도 그런 얘기 많이 들었습니다."

"우리 부서도 마찬가지입니다. 만날 때마다 이 얘길 꺼내는 분들이 많더라고요."

"음…… 그렇군요. 저도 교육 문제만 생각하면 한숨부터 나옵니다. 이제 겨우 조그만 사범학교를 출범시켰으니, 교원 양성이 되어 봐야 얼마나 되겠습니까? 각지에 들어설 초등학교에 보낼 교원을 충분히 양성하려면 사범학교도 더 커져야 하고, 한두 개는 더 만들어야 할 텐데요. 더구나 이 마당에 중등교육은 아예 꿈도 꿀 수 없을 지경이니……."

태진훈 주지사 이 문제의 중요성에 대해 금세 수긍한다. 분위기가 무르익자 과학기술부 변창섭 부장이 나섰다.

"오래전부터 든 생각이긴 한데…… 우리의 선입견을 깨야 한다고 생각합니다. 청소년 노동을 인권적 견지에서 보는 관점 말이죠. 거의 무의식적으로…… 하지만 지금 이 상황이야말로 우리가 인권문제를 일으키고 있다 생각합니다."

"아!"

벌써 몇 명은 그의 말뜻을 알아채고 감탄성을 토해 낸다.

"교육도 시키지 않고 그저 방치하고 있는 거야말로 문제 아닌가요? 한창 배워야 할 시기에……."

"그렇군요."

"과감히 청소년들을 고용합시다. 각 부서마다 왕창 뽑아 조수라도 시키는 거죠. 행정 보조에서 기술직 보조, 연구원 보조까지…… 어린 나이에 일을 배우니 더 빨리 늘 거고, 엔지니어 인력도 더 빨리 양성할 수 있게 되죠. 그리고 기초 교육과 중등교육은 각 부서에서 알아서 시키는 걸로 합시다. 야학을 하든, 뭘 하든 다 좋습니다."

정부 인사들이 모두 환영하며 수긍하자 변창섭 박사는 신이 났는지 목소리까지 커졌다.

"급료를 성인의 절반만 줘도 부모들은 두 손을 들고 환영할 겁니다."

"하하! 정말 좋은 의견입니다. 다들 동의하십니까?"

만장일치였다. 주지사도 큰 걱정을 덜었다는 생각에서인지 얼굴에 웃음꽃이 피었다.

"그런데 말이오. 주정부에선 왜 신문을 만들지 않는 것이오?"

현상건 또한 회의에 참석해 한 가지 안건을 제기했다.

"더 급한 일들이 산적해 있다 보니 신경 쓸 겨를이 없었습니다. 지금은 아니지만 이전까지 인쇄기가 준비되지 않은 점도 그렇고요."

"그렇다면 관보라도 내는 게 좋지 않겠소? 주민들 교육에 신문만큼 좋은 게 어디 있겠소?"

"음. 관보라……."

"좋은 의견입니다. 주민들이 관보든 신문이든 자꾸 접하다 보면 얻어듣는 소식도 많을 거고 글공부에도 도움이 될 겁니다."

학부 부장 전소연이 현상건의 의견에 동의를 했다.

"문제는 누가 담당하느냐인데……."

"제가 해 보겠소."

"오! 현 고문님께서 하겠다고요?"

"좋습니다. 그럼 우리 학부 직원 중에서 몇 명을 차출해 도와드리겠습니다."

"하하! 그럼 아무런 문제가 없겠네요."

그다음부터 논의는 일사천리로 진행되었다.

제호는 '간도주보'라 명명해 일주일에 한 번 간행하기로 했고, 관보와 신문의 성격이 혼합된 형태로 펴 내기로 했다.

"두 면은 주정부의 정책으로 채우고, 두 면은 생활 정보라든지 세상 돌아가는 이야기, 역사 이야기 따위를 실읍시다. 연재물 형태도 좋고요. 주민교육 할 때 쓰던 내용도 괜찮겠네요."

주정부 인사들은 독립신문이 얼마나 큰 역할을 했는지 잘 알고 있었다.

고종황제가 자금을 대고 서재필과 주시경 등이 중심이 되어 간행한 독립신문은 중앙과 지방의 정보 격차를 획기적으로 줄여 주었다.

신문이 나오면 전국 각지로 배달되었고, 관헌에선 독립신문 독송회를 열기도 했다.

순한글 신문이었지만, 아직 한글을 모르는 사람도 많았으므로 관에서 신문 기사를 읽어 주는 행사를 연 것이다.

발행부수가 의미 있는 게 아니었다.

여러 사람들이 돌려 읽는 게 하나의 사회적 습관으로 자리 잡다 보니 발행부수보다 수십 배, 혹은 수백 배 많은 사람들이 읽었기에 그 효과는 더욱 컸던 것이다.

주정부 사람들은 독립신문만큼 이 신문의 파급효과가 나타나길 바랐다.

신문에 대한 논의가 끝나 갈 때쯤, 직원 한 명이 들어오더니 주지사에게 귓속말을 했다.

"오오! 드디어……."

태진훈의 표정은 놀람과 기쁨이 감정이 복합적으로 나타났다. 태진훈은 즉시 회의를 중단하고 밖으로 나갔다.

천막 문을 밀고 나오자 고개를 휘휘 돌리며 주변을 살피고 있는 인물들의 모습이 보인다.

이들은 바로 정재관과 이강, 그리고 이들을 안내해 온 정보국의 조일상 요원이었다.

한눈에 정재관과 이강의 얼굴을 알아본 태진훈은 그들에게 다가가 정재관의 손을 덥석 잡았다.

"여기까지 오느라 고생 많으셨습니다."

"아…… 뉘신지요?"

"제가 간도자유주의 주지사입니다."

주지사란 소리를 듣자 얼른 옷매무새를 고친 후 고개를 깍듯이 숙여 인사한다.

"아, 이런! 결례를…… 죄송합니다. 소생은 정재관이라 하옵니다."

"전 이강이라 하옵니다."

태진훈을 따라 나온 각료들도 그의 입에서 나온 '정재관'이란 단어에 적지 않게 놀란 모양이다.

정재관은 얼떨떨한 표정을 짓고 있었다. 블라디보스톡에서 이곳 간도까지 오는 동안 수많은 것을 목격하며 그의 선입견이 산산이 부서지는 경험을 한 탓이다.

"아! 정재관 선생! 비밀 명령서가 도착해 있어 안 그래도 기다리고 있던 참이었습니다. 일단 안으로 드시지요."

정재관이 받은 명령은 생각보다 단순했다. 간도의 실정을 살핀 후, 간도 주정부의 정책에 적극적으로 힘을 보태라는 것.

"간도에 발을 디딘 후, 금방 이해할 수 있었소. 이런 번듯한 독립운동 기지가 마련된 마당에 제가 미국에서 시간을 보낼 이유가 없었소이다."

블라디보스톡에 처음 도착하던 날, 그는 비밀 명령서에 있던 주소지로 찾아갔다.

그곳은 이상운과 조병한이 거점을 꾸린 곳이었다.

제국익문사 동료들과 반갑게 해후한 정재관은 두 동료로부터 놀라운 사실을 알게 된다.

간도에 자유주가 들어섰고, 굉장한 무력을 보유한 독립운동 집단이 힘을 키우고 있다는 사실을 말이다.

또한 이상운과 조병한은 최봉준의 지휘 아래, 비밀리

에 러시아 군부 인사들이나. 무기상과 접촉해 모신—나강 소총과 총탄을 구입하고 있다는 사실도 알게 되었다.

이 무기들의 일부는 간도에 공급되고, 또 일부는 13도 의군 세력에 전달될 예정이라 했다.

그리고 얼마 지나지 않아 간도 정보국 소속의 조일상과 만나 간도로 온 것이다.

"연해주의 이상운 주사가 제게 몇 가지 얘기를 전달해 달라 하더군요. 지금 휴전 이후 집에 돌아가지 못한 러시아 패잔병들이 연해주 지역에 수천 명이 있답니다. 제 입장에선 도저히 이해가 안 되는 일인데……."

실제로 이번 전쟁에 참여한 러시아군 중, 현역 군인이 아닌 이는 장교건 병졸이건 간에 대부분 가혹한 상황에 내몰렸다.

패전이 거듭될 때마다 그 과정에서 수많은 장교가 파면 당해 전장에서 바로 옷을 벗었고, 사병들 또한 상당수가 병역 만기가 되어 군문을 나왔지만 본국에서 여비를 지급해 주지 않아 집에 돌아가지 못한 것이다.

이들은 끼니도 제대로 잇지 못한 채 연해주 지역을 전전하고 있었다.

'너희는 패전한 장졸들이니, 본국에 들어올 자격이 없

다. 국외에 나가서 생계를 이으라'는 엄명을 러시아 황제가 내렸다는 얘기도 돌았다.

썩어 빠지고 몰락해 가는 제정러시아의 현실이 부른 비극이라 할 수 있었다.

"이상운 주사가 이들과 만나 보았는데 다들 이 모두가 왜놈들 탓이라, 복수하겠다며 이를 갈고 있다 하더이다. 또 왜놈들과 싸울 일이 있으면 자신들이 나서서 도와주겠다고도 하고, 돈만 주면 자신들이 갖고 있는 무기도 흔쾌히 내주겠답니다."

일본군과 싸울 일이 있으면 도와주겠다는 말은 용병이 되겠다는 뜻으로 해석해도 무방한 일이었다. 이들은 그 정도로 곤궁했으니까.

정재관의 얘기를 듣고 있던 성영길 부장이 반색을 하더니 불쑥 나섰다.

"오오! 그러면 훨씬 싸게 구입할 수 있겠군요."

"그렇소. 길거리에서 구걸이나 하며 연명하는 처지인지라 돈을 주겠다고 하면 헐값에라도 팔 거 같다더군요."

"잘됐네요, 주지사님. 최봉준 선생께 돈을 보내 저들 무기를 몽땅 쓸어 옵시다."

"허허! 좋은 생각입니다. 마다할 이유가 없지요."

최봉준은 연해주에 산재한 여러 무기상으로부터 수출할 목적이라 둘러대며 무기를 사 모으고 있던 차였다.

개인이 무기를 사는 것은 절차상 조금 까다롭지만 수출 목적의 구입 물량은 관리들이 개입하지 않는다고 했다.

"또, 저들의 태도를 보니까 일본만큼이나 자국에 대해서도 실망하고 있을 겁니다. 그러니 사람을 파견해 저들을 데려오는 게 어떻겠습니까?"

"네? 그건 좀……."

"주지사님. 이 문제는 전향적으로 접근해야 한다고 봅니다. 우린 늘 인력이 부족하지 않습니까? 그러니 저들 중에 쓸 만한 사람을 골라 써야 합니다. 러시아어 선생도 시킬 수 있고, 또 그들 중에 쓸 만한 기술자도 있겠죠. 물론 이들이 첩자로 돌변할 수 있다는 문제도 있지만, 그거야 우리 하기 나름입니다. 간도에 들어오는 조건으로 다시는 간도 밖을 나가지 않는다는 각서를 받고, 자리가 잡히면 가족을 본국에서 데려다 주겠다고 하면 다들 수긍하고 따를 겁니다."

"러시아인들을 우리 동포로 만들겠다는 뜻이오?"

"그렇습니다. 어차피 이곳 간도와 만주는 여러 종족이

모여 사는 곳입니다. 한족, 만주족, 몽골인에, 회족까지 있죠. 훈춘에도 이미 러시아인이 자리 잡았고요."

훈춘의 러시아인들은 주정부의 설득으로 간도 정착을 결정한 상황이다. 이미 주정부에 직원으로 들어와 직원들을 상대로 러시아어를 가르치고 있는 이들도 있었다.

"그러고 보니…… 이곳 간도는 본국과 형편이 다르군요."

정재관과 성영길의 대화를 유심히 듣던 태진훈은 끝내 고개를 끄덕거린다.

주지사의 이 몸짓에 과학기술부와 공상부 사람들의 얼굴에 화색이 돌았다. 학부도 마찬가지였다.

학부의 시급한 과제 중 하나가 외국어학교를 설립하는 일이다.

주민 대책 차원에서 몽골어, 여진어, 러시아어, 한어 (중국어) 등 다양한 언어의 전공자를 확보하는 게 무척이나 시급한 과제로 떠올랐기 때문이다.

제2장

가을 대 회전

후세의 중국 길림성에 해당되는 지역의 인구는 1887년 기준으로 45만 명이고, 흑룡강성은 25만 명이었다고 한다.

이 수치를 보면 면적에 비해 아직 인구가 태부족함을 알 수 있다.

이에 비해 봉천, 즉, 요령성은 445만 명이었으니, 1905년 현재 전체 만주 지역의 인구는 700~800만 정도라 추측할 수 있다.

이 사실을 놓고 볼 때, 대다수의 한족은 아직까지 요동반도와 봉천 등지에 주로 머물러 있는 상태고 간도와 길림, 흑룡강 지역엔 그다지 많이 들어오지 않았단 얘기가 된다. 물론 이 인구수는 만주족 인구까지 모두 포함된 수치이다.

이 때문에 주정부 인사들 중 일부 팽창주의자들은 조바심을 내고 있었다.

봉천 이서 지역은 이미 한족들에게 잠식당해 점령하기도 어렵거니와 점령한다 해도 엄청난 한족의 인구 수 때문에 통치에도 문제가 발생할 수 있다.

때문에 이 지역에 대한 관심은 한참 뒤로 미뤄야 한다.

하지만 그 이북과 이동의 길림 지역이나 흑룡강 지역은 여전히 빈 땅이나 다름없다.

이것이 이들이 갖는 조바심의 이유지만, 이 역시 현시점에서 탁상공론에 불과한 얘기다.

그들도 그걸 안다.

당장 간도의 생존을 위한 싸움이 눈앞에 있는데 영토확장은 언감생심이다.

현재 길림시에는 청국 관료와 점산호, 관병, 마적들이 북적대고 있었다.

몇 년 전 러시아군의 침공 때 피난 왔다 다시 본거지로 돌아간, 성질 급한 점산호들은 이미 간도군에게 붙잡힌 상황이지만, 여전히 이 도시엔 간도에 연고를 둔 점산호들이 대거 포진해 있었다.

그리고 얼마 전, 러일전쟁이 끝났다는 소식이 들려오자 간도의 연고지 별로 점산호와 청국 관료들이 삼삼오오 모여 간도 진공 계획을 세우기 시작했다.

이들은 간도에 들어선 한국인 세력의 움직임에 대해 어느 정도 파악하고 있었다.

처음 훈춘이 이들의 손에 떨어졌다는 얘길 들었을 때는 다들 그럴 리가 없다며 믿지를 않았다.

그런데 그 뒤로 들려온 소식은 점입가경이었다.

북쪽의 영안도 떨어지고, 서쪽의 무송과 화전, 돈화에 액목까지 차례로 점령당하자 이들은 까무러칠 정도로 놀랐단다.

당장 간도로 들어가 자신의 땅을 찾아야 하는데, 문제는 이 사정을 하소연할 곳이 없다는 것이다.

이번 전쟁으로 완전히 망가진 만주의 행정체계—얼마 전부터 어설프게 시작했던 터라 그다지 망가진 것도 아니었다—에 기댈 수도 없었다. 결국 이들의 시선은 자연스레 주변 지역에서 할거 하고 있는 마적 집단에 가게 된다.

이에 다들 십시일반 모금을 해 군자금을 조성하고 이 지역의 명망(?) 있는 마적단과 접촉하기 시작하더니, 어느 정도 군세가 형성되자 이를 조직화하기 시작했다.

마적들은 이들의 제안을 거절할 이유가 없었다.

약탈에 따른 전리품도 챙길 수 있고 용병 수입은 아예 선불로 받아먹었다.

게다가 간도의 한국인 세력이 강해 봐야 얼마나 강하겠냐는 항간의 인식도 있었다.

이들에게 강한 군대의 기준이란 러시아와 일본군이다. 이에 비해 간도 한국군은 민병대 정도.

즉, 자신들의 기준으로 큰 마적단 정도의 무력을 가졌으려니 지레 짐작했다. 마적질을 하다 쫓겨난 한족 마을 주민들의 증언이 이런 판단의 근거가 됐다.

그런데 이 주민들은 소대나 중대 정도 규모의 병력만 보았지, 대규모 전투를 본 적이 없기 때문에 이들의 경험담을 꼼꼼히 수집해 봐야 같은 결론을 내릴 수밖에 없었다.

이들의 움직임은 정찰기에 의해 거의 실시간으로 간도군 사령부에 전송되고 있었다.

대규모 군병들이 모이다 보니 시 외곽의 남과 북에 군

영을 두 개로 나눠 설치하고 마적단 수뇌부들이 연일 회합을 하는 모양이었다.

"허허! 꽤나 모였는데?"

"두 군데 군영을 합쳐 오천 명 가까이 되는 듯합니다."

"무장 상태는 그다지 좋지 못한 것 같습니다."

장순택 사령관과 참모들이 TV중계를 보듯 흥미롭게 화면을 보며 각기 감상평을 늘어놓는다.

"그런데 길림시 규모가 생각보다 작은데?"

"지금은 그리 큰 도시가 아닙니다. 1931년 일본군이 점령했을 당시 인구가 겨우 십만 명 정도였다고 합니다. 지금은 아마 그의 반? 아니, 삼 만도 안 될 겁니다. 그러니 인구수에 비해 엄청난 병사를 모은 셈입니다. 아마 주변 마을 주민들 상당수가 합류했을 겁니다."

이 시대의 길림은 길림장군부가 있는 군사 요새도시 정도라 해도 무방했다. 다만 이번 전쟁 때문에 간도와 서부에서 피난민이 몰려오다 보니 조금 북적거리는 정도였다.

"음. 성벽 하나는 튼튼해 보이는군."

"러시아의 침략을 대비해 만들었다고 합니다. 영안에

있던 영고탑 장군부가 이리로 옮겨 오면서 요새도시가 되었다 들었습니다."

"그렇군. 어라? 저 군영 뒤편에 서양 군인도 보이는데? 부관! 2연대 정찰기 운용팀에 연락해 저 사람들을 더 자세히 촬영하라고…… 흠! 좋군."

사령관의 명령이 떨어지기도 전에 2연대 운용팀들 또한 그 부분에 관심이 갔는지 저들에게 초점을 맞춘 모양이다.

이러한 현상이 가능한 이유는 이들이 보유한 무전기 성능 덕분이었다.

각 단말기마다 데이터 링크 기능이 있다 보니 중간 지점에 주둔한 부대의 무전기들이 중계기 역할을 하고 있었다.

"아무래도…… 독일군 장교들 같습니다. 이번 러일전쟁의 공식 참관단으로 왔다는 사람들 말입니다."

"독일정부에서 우리 간도에 관심을 갖게 된 모양이군. 저들이 봉천에서 이곳까지 온 걸 보면 말이야. 성가시게 생겼어……."

"2연대에 이들의 처분에 대한 방침을 줘야 하지 않겠습니까?"

"방침이래 봐야 뭐 있겠나? 진입을 막는 수밖에……."

"알겠습니다."

"길림 장군부의 청군 병력은 움직임이 전혀 없나?"

"그저 주둔지에 머물러 있는 것 같습니다. 하지만 저들의 움직임도 끝까지 지켜봐야 할 겁니다."

"알았네. 자! 그럼 원 계획대로 영토 밖 마적단 관련 작전은 2연대에 일임하고 우리 사령부는 제 2지대 내부에 신경을 쏟자고."

사령관의 말에 사령부 인원들은 다른 정찰기가 보내준 화면에 시선을 돌렸다.

"드디어 움직입니다. 북쪽 진영은 약 3,000명 남쪽은 약 2,000명입니다. 이건 최종 확인된 적 병력 수입니다."

"적과 조우 예정 시간은?"

"북쪽 전선은 세 시간 뒤로 추정됩니다. 남쪽은 길이 멀어 아직 정확히 예측할 수 없지만, 저녁 늦게 도착할 것 같습니다."

"좋아! 각 부대에 이 사실을 속히 전달하도록!"

제 2연대장 송상철 준장은 명령을 내리며 주먹을 불끈

쥐었다. 드디어 가을 대 회전이 시작된 것이다.

2연대 병력들은 이 지역의 전술적 중요성을 감안해 이번 작전이 시작되기 전 액목군 내 랍법하를 따라 들어선 마을들에 대한 점령 작전을 완전히 마친 상태였다.

후방의 불안요소를 미리 제거한 것이다.

그리 대단한 일도 아니었다. 이 지역은 만주족 마을 몇 개만이 점점이 흩어져 있을 뿐, 규모가 큰 한족마을은 거의 없었다.

큰 우환거리는 액목읍 시가지였는데 이곳은 처음 점령 과정에서 점산호들을 깨끗이 정리한 상태였다.

새로 4대대장이 된 김평석 중령은 전장이 될 곳으로 예상되는 지역을 샅샅이 답사해 적의 진군로를 구체적으로 파악해 둔 상태였다.

물론 적들이 이 길 말고 다른 길을 택할 수도 있어 별도의 예비 작전 계획도 세워 두었다.

적들은 예상한 진군로를 따라 천천히 이동하고 있었다.

김평석은 연대본부로부터 정보를 받자마자 전장 예정지 근처에서 대기하던 병력에게 출진 명령을 내렸다.

액목 서북쪽 랍법하 상류지대에 대기하고 있던 2개 중대 병력은 대대장의 명령에 따라 서쪽 산악지대로 들어가 자리를 잡았다.

"이야! 하여간 지형 하나는 끝내 줍니다."

3연대에서 전출되어 온 주창진 중대장은 작전 예정 지역을 둘러보더니 감탄사를 터트렸다.

주창진은 이번에 대위로 승진해 이 4대대의 3중대장이 되었고, 홍범도는 중위로 승진 그의 휘하 소대장이 되었다.

황선일 상사 또한 소위로 승진해 새로 소대장직을 맡게 되었으며, 김종선은 상사가 되어 홍범도 소대의 선임하사가 되었다.

부쩍 늘어난 병력 규모로 인해 이렇게 대대적인 승진이 이뤄지고, 계급 인플레이션 현상도 조금은 완화되었다.

"그렇지. 그래서 이곳을 택한 거네. 완전히 호리병 모양의 지형 같지 않나? 이 계곡의 동쪽 고개가 600고지 정도 되는데, 저기만 막으면 적을 완전히 가둘 수 있을 거야."

소속 대대 병력의 배치를 끝내고 이곳 3중대 병력 주둔지로 이동해 온 대대장은 주창진의 감탄사에 자랑스럽다는 듯 맞장구를 친다.

이곳은 후세 지도에 칠도하촌(七道河村)이라 표기된 곳─남쪽에서 발원한 망우하(忙牛河) 물줄기가 북을 향해 흐르다 서쪽으로 방향을 바꿔 흐르는 지점이다.

여기서부터 동쪽으로 곧장 계곡길이 나 있는데 계곡 끝부분의 600m 높이의 고갯길만 넘으면 액목으로 연결되는 평야지대가 나온다.

"대단하십니다, 대대장님."

"허허! 쑥스럽구만. 대대장이 되고 처음 하는 전투라 조금 긴장돼서 발로 뛰어다니며 계획을 짰다네."

"그러고 보니 대대장님을 오랜만에 다시 뵙습니다. 정말 반갑습니다."

"그간 3연대의 활약상은 익히 들어 알고 있지. 우리 홍범도 장군님의 활약도 말이야. 하하! 하여간 자네들이 전출 온 덕분에 그 유명한 홍범도 장군님도 뵙게 되었으니 내겐 여러모로 좋은 일이지."

"아이고! 말도 마십시오. 홍 장군님 덕분에 저희는 죽어나고 있습니다. 아마 우리 중대처럼 바쁘게 돌아다닌 부대는 없을 겁니다."

주창진 대위는 너스레를 떨더니 홍범도 소대가 매복해 있는 지점에 눈길을 준다.

둘이 이렇게 한담을 나누며 시간을 보내고 있을 때, 무전병이 다가왔다.

"대대장님. 1중대는 돈화를 향해 출발했고, 2중대 또한 작전 예정 지역에 도착해 매복에 들어갔다고 합니다."

"알았네."

김평석 대대장은 4대대의 제 2지대 담당 지역이라 할 수 있는 돈화 방면으로 1개 중대를 보냈다.

이 부대는 돈화까지 계속 동진하며 그간 미처 토벌하지 못한 점산호와 새로 나타나는 마적단을 토벌하는 임무를 맡았다.

그리고 나머지 1개 중대는 적의 제 2진군로를 지키게 했다.

"화기 소대들 박격포 조준 작업은 다 끝났겠지?"

"네! 그렇습니다."

"그럼. 적이 나타날 때까지 잠시 휴식을 취하라 전하게."

"그나저나 걱정입니다. 원래 연대 병력이 지켜야 할 곳을 대대가 담당하고 있으니……."

주창진은 적의 규모가 조금 걱정되는 모양이다.

"어쩔 수 없지 않나? 어느 전선이고 뚫리면 골치 아파

지니…… 여차하면 연대본부 병력도 내어 준다 했으니 어떻게든 막아 봐야지."

이 말을 하는 대대장의 얼굴이 조금은 어두워 보인다.

아무래도 1개 중대만 보낸 남쪽 전선이 신경 쓰이는 모양이다.

그때, 통신병이 새로운 보고를 해 왔다.

"대대장님. 급보입니다. 이곳으로 향하던 적 삼천 명 중 천 명 정도가 남쪽 길로 갔답니다."

"그래? 알았다. 2중대에 바로 연락하도록! 뭐, 연대본부에서 벌써 알려 줬겠지만."

"충성! 그럼 전 작전 지역으로 복귀하겠습니다."

"그래. 수고하고!"

주창진 중대장은 인사를 하더니 중대원들이 있는 곳으로 발걸음을 옮겼다.

적들의 행렬은 무척이나 길었다.

이천에 달하는 병력들이 줄지어 좁은 계곡을 이동하니 그럴 만도 했다.

적들은 칠도하촌(七道河村) 부근에 이르자 행렬을 멈추고 휴식을 취했다.

하지만 기마대원들 수십 명은 그대로 전진해 전방 지역에 대한 수색에 들어갔다.

적들도 아는 모양이다. 이곳이 전장이 될 수도 있다는 사실을.

이곳부터 계곡 끝의 고갯길까지 2㎞ 정도 되는데, 누가 봐도 매복하기 좋은 지형이었다.

하지만 적들은 병력 수를 믿는 모양인지 전방으로만 척후를 보내고 계곡 양쪽의 능선을 수색할 생각은 하지 않는다.

"휴우! 다행히 정찰병이 올라오진 않는군."

칠도하촌 남서쪽 측면 능선에 매복해 적들의 동향을 예리한 시선으로 지켜보던 홍범도는 안도의 한숨을 쉬더니 소대원들을 둘러보았다.

선임하사인 김종선은 새로 배치된 신병들이 신경 쓰이는 모양인지 진지를 돌아다니며 소대원들을 격려하고 있었고, 벌써 상병이 된 허준 또한 여유로운 표정으로 전방을 응시하고 있었다.

기마 정찰대가 돌아오자 적들은 다시 움직이기 시작했다.

역시나 간도군의 매복을 알아채지 못한 모양이다.

그래도 조심해야 한다는 생각 때문인지 마적들은 행렬의 형태를 4열 종대로 바꿨다.

기마대를 선두에 앞세우고 행렬 중간에 청 관료와 점산호들이 자리 잡은 형태였다.

2천이나 되는 마적들의 선두부가 계곡의 끝 지점, 즉 고갯길 초입에 들어섰을 무렵이다.

꽈광! 꽝!

천지를 뒤흔드는 폭음과 함께 천문학적인 숫자의 쇠구슬이 마적들을 강타했다.

크레이모어 지뢰가 격발된 것이다.

간도진위대 사령부는 크레이모어 지뢰를 이번 전투에 대량 투입하기로 했다.

그간 많이 사용하지 않은 탓에 아직 비축 분이 많이 남아 있었다. 그 때문에 이를 효과적으로 사용하면 박격포탄과 총탄의 지출을 줄일 수 있으리라 판단한 것이다.

"으아악!"

거의 사방 200m에 달하는 지대가 완전히 초토화되다시피 했다. 부상당한 마적들과 말들의 비명 소리가 전장에 메아리쳤다.

하지만 이게 다가 아니었다.

쒸우웅~ 꽈광!

박격포의 사격이 시작된 것이다.

포탄은 마적단 행렬의 중간 지점을 주로 타격했다.

박격포마다 목표 지점을 지정해 조준해 놓은 상태라 그전만큼 포탄을 사용하지 않았는데도 상당히 큰 효력을 발휘했다.

적진 선두의 삼분지 일이 이 공격으로 녹아내린 것이다.

중화기의 기습 공격을 받은 마적들은 아직도 정신을 차리지 못했다.

정신을 차리지 못한 것은 적뿐만이 아니다.

새로 배치된 간도군의 신병들 또한 얼이 빠져 있었다. 각 소대 선임 병들이 정신 차리라며 호통 치는 소리가 여기저기서 들린다.

정신을 차린 마적들은 사방으로 달아나기 시작했다.

이미 행렬 선두가 전멸당하는 모습을 지켜본 마당에 전진하려고 시도하는 이는 없었다.

수뇌부들도 마찬가지였다.

적도들의 대다수는 후방으로, 일부 정신 나간 마적들은 양쪽 능선으로 흩어졌다.

"수류탄 투척!"

진지로 다가오는 마적을 보고 소대장과 분대장들이 명령을 내렸다.

꽝! 꽝!

하지만 적들을 향해 떨어진 수류탄은 몇 개 되지 않았다.

"야! 정신 안 차려!"

분대장의 채근에 그제야 정신 차린 소대원들이 하나둘 수류탄을 던진다.

하지만 이미 납작 엎드린 마적에게 이 공격은 큰 효력을 발휘하지 못했다.

"할 수 없군. 사격! 개시!"

탕! 타탕!

생존한 적이 몇 안 되는 데다, 총탄을 아끼라는 지시가 떨어진 만큼 병사들은 꼼꼼히 조준해 사격을 했다.

잠시 후, 양쪽 능선으로 숨어든 적 병사들이 모두 처리되자 총성도 멈추었다.

멀리서 폭음과 총성이 울리기 시작하자 주창진 중대장은 전 중대원들에게 전투 준비 지시를 내렸다.

사실 앞서 있었던 공격은 4중대만의 몫이었다.

3중대는 4중대보다 더 먼 전방 지점에 매복해 적의 행렬을 그대로 통과시킨 후 대기 상태에 있었다.

즉, 후퇴해 오는 적을 섬멸하는 임무를 맡은 것이다.

"네, 알겠습니다. 충성!"

주창진은 대대장에게서 방금 온 무전을 받더니 직접 망원경을 들고 주변을 살피기 시작했다.

"에이 쌩! 이놈들은 무슨 구경거리 났다고 사람 이리 피곤하게 하는지?"

넋두리하듯 중얼거리던 중대장은 문득 뭔가를 발견했는지 어느 지점을 자세히 살핀다.

문제는 그 방향이 적이 후퇴해 올 전방 지점이 아니라, 왼쪽 9시 방향의 후방 능선이라는 사실이다.

이에 주창진은 소형 무전기로 황선일 소대장을 불러 지시를 내리기 시작했다.

"일개 분대를 차출해 저자들을 막아라. 소총 이외에 다른 무기는 소지하지 말고…… 아! 방탄모도 벗고 가는 거 잊지 말고! ……웅! 그래! 포로 취급하진 말고…… 암튼! 절대로 우리 전투 모습을 못 보게 하라고! 그래!"

무전을 마친 주창진은 신경질적으로 땅바닥을 걷어차

더니 다시 전방을 향해 시선을 돌렸다.

이윽고, 혼비백산해 달려오는 적들이 모습을 드러냈다.

행렬이고 뭐고 없었다. 천이백 명에 가까운 적들이 뭉쳐서 달리고 있었다.

역시 이곳의 전투도 크레이모어가 시작을 알렸다. 박격포 또한 자신이 지정 받은 곳을 차례로 때리기 시작했다. 적 인원이 많은 만큼 기관총도 불을 뿜었고, 유탄도 날아가기 시작했다.

아비규환!

그야말로 전방에 지옥도가 펼쳐졌다.

그 북새통에도 생존한 적 병력을 향해 소총탄도 날아들었다. 모두가 조준 사격해서 쏜 총탄이었는지 적들이 속속들이 쓰러지기 시작했다.

그럼에도 워낙 병력이 많았던 만큼 생존자들이 있었다.

그들은 혼이 나간 채 단말마 같은 비명을 질러 대며 전장을 빠져나갔다.

그 수는 불과 이백 명 정도밖에 되지 않았다. 점산호나 청 관료의 모습은 보이지 않는다.

행렬 중간에 있었기에 모두 몰살당한 모양이다.

이들은 전장에서 빠져 나오자 계곡 길로 가지 않고 그대로 산속으로 스며들었다. 이 무시무시한 적들이 또 추격해 올까 봐 두려웠던 것이다.

침착하게 소대원들을 지휘해 대승을 거둔 홍범도는 이빨이 다 드러날 정도로 환하게 웃으며 소대원들을 격려해 주었다.

"하하하! 다들 수고 많았다. 신병들도 잘해 주었고…… 허진 상병!"

"네! 상병 허진!"

"오늘 처음 기관총 쏴 보니 기분이 어때?"

"정말 최고입니다. 정말 무시무시한 무기였습니다."

"그래! 앞으로 선임하사한테 배운 대로 다른 신병들에게도 무기 사용 요령을 숙지시키거라. 오늘 보니까 옛날 누구처럼 덜덜 떠는 애들이 있더라고! 하하!"

"아니! 그런 자도 있었습니까? 그게 누구더라~"

김선일 상사가 활짝 웃으며 음흉한 말투로 받는다. 허진은 얼굴이 빨개진 채, 머리만 긁적거린다.

한편, 전투가 시작되기 전 황선일 소위는 소대 선임하사에게 전투 지휘를 일임한 채, 능선을 탔다. 1개 분대를 차출해 조심스레 전진한 황선일은 드디어 문제의 인물들이 보이는 지점까지 다가갔다.

이들은 바로 독일군 전쟁 참관단이었다. 대략 10여 명 정도였는데 그중 4명은 장교로 보이고 나머지는 호위병 같았다.

독일군들은 쌍안경을 들고 주변을 열심히 둘러보더니 자기들끼리 대화를 나눴다.

잠시 전 멀리서 전투가 벌어지는 소리가 들렸는데 이내 잠잠해지자 이동하기로 결정한 모양인지 장비를 챙기고 있었다.

하기야 이곳에선 전투 장면을 관찰할 수 없었다. 자신들의 생각보다 전투가 더 빨리 벌어진 탓에 생긴 일이었다.

그때 갑자기 계곡을 울리는 엄청난 폭음과 포성이 가까운 곳에서 들렸다.

독일군들은 그 자리에서 움찔하며 동작을 멈췄다. 황선일은 이때라 판단했는지 부하들에게 신호를 보내고 몸을 드러냈다.

"풋 유어 핸즈 업!"

그의 고민이 담긴 문장이었다.

영어를 잘하지 못하는 황선일은 어디서 들은 풍월인지 이 문장을 떠올린 모양이다.

아마도 바로 행동에 나서지 못하고 잠시 미적거린 이유도 이 말을 준비하느라 그랬을 것이다.

얼굴에 위장크림을 덕지덕지 바른 험상궂은 군인들이 총을 겨눈 채 자신들 앞에 나타나자 독일군들은 멍한 표정을 지었다.

황선일은 재차 큰 소리로 아까 뱉었던 말을 다시 반복했다.

"아! 쌍! 풋 유어 핸즈업! 하라니까!"

이 말이 효과를 낸 모양인지 독일군들은 서로 눈치를 주고받더니 두 손을 들고 뭐라 말하기 시작했다.

하지만 그중 몇몇은 손을 든 채 여전히 전방을 살피고 있었다. 전투 상황이 무척 궁금한 모양이다.

그리고 대표자로 보이는 독일군 한 명이 영어로 뭐라 한참 떠들었다. 황선일은 몇 단어는 알아들었지만, 어쨌든 저렇게 고개를 빼고 전장을 살피는 행위만은 막아야 했다.

"셧업!"

하지만 대표자는 양팔을 양옆으로 늘어뜨리며 이해할

수 없다는 표정을 짓는다.

이에 마음이 급해진 황선일은 권총의 총구를 하늘로 향하게 한 후 바로 방아쇠를 당겼다.

탕!

그제야 일이 심상치 않음을 알아차린 독일군들은 전장에서 시선을 떼고 황선일을 바라보았다.

황선일은 '뒤로 돌아' 란 말이 생각이 안 나자 부하 한 명에게 시범을 보이게 했다.

그제야 황선일이 하려고 했던 얘기가 뭔지 알아차린 독일군들은 손을 든 채 뒤로 돌았다.

그러자 병사들은 잽싸게 달려들어 독일군들의 무장을 해제했다.

"흠! 여기까진 됐는데…… 다음은 어떡해야 하지?"

황선일은 잔뜩 얼굴을 구긴 채 전장으로 시선을 돌렸다.

"응! 그래! 너 혹시 걔들 듣는 데서 무전기 쓰냐? 응…… 아니라고? 하하! 역시 눈치 하난 알아 줘야 돼. 아무튼 걔들 우리 진영으로 데려오면 안 되니까 연대본부에서 통역관이 올 때까지 붙잡고 있어. 언제 오냐고?

내가 어떻게 알아? 아무튼 수고하고!"

주창진은 황선일의 처지를 생각하자 웃음이 나오는 모양인지 연신 미소를 머금고 무전을 했다.

말이 안 통하는 독일군과 황선일이 그 긴 시간 동안 어떤 대화를 나누게 될지 궁금하기 짝이 없었다.

그가 이렇게 실없는 상상을 하는 사이 다시 대대장에게서 연락이 왔다.

대대장은 4중대를 이끌고 남쪽 전선으로 즉시 이동하겠다고 한다.

그러니 3중대는 전장에서 적 무기와 식량, 점산호가 소지했던 금품 정도만 수습한 후 전원 후퇴해 4중대가 진을 쳤던 지점을 지키라는 것이다.

남쪽 길로 방향을 튼 1,000여 명의 마적단을 상대할 2중대 병력이 걱정돼 몹시 서두르는 눈치였다.

적들이 진군하고 있는 남쪽 길은 이 지역에서 남하하는 것에 비해 꽤 돌아가는 길이라 시간을 맞출 수 있을 터였다.

대대장의 지시에 주창진은 중대원들을 계곡 밑으로 내려다보냈다.

지시대로 적의 무기를 수습하던 중에 살아남은 적 부

상자들이 꽤 많이 발견되었다.

주창진은 이 상황이 몹시 난감했다.

홍범도 또한 이 부분이 걱정이 됐는지 그에게 다가와 말을 걸었다.

"중대장님. 어쩌면 좋소? 우리 형편에 저들을 데려가 치료할 수도 없고……."

"글쎄 말입니다. 멀쩡한 포로라도 잡았으면 걔들 보고 데려가라고 하면 될 텐데…… 어쩐다……."

"살 가망성이 없는 자들은 죽여 고통이라도 덜어 줍시 다. 경상자들은 상처를 조금 돌봐 준 후 알아서 살아가라 고 해야 하지 않겠습니까?"

확실히 홍범도는 전장에서 단호한 태도를 보인다.

"정말 비인간적인 처사지만 그래야 하겠군요."

결국 이렇게 해서 부상자들의 처우가 결정되었다.

잠시 후, 적의 숨통을 끊는 총소리가 간간히 전장에 울려 퍼졌다.

모든 전투가 끝나고 3중대 병력 또한 고갯길 쪽으로 후퇴한 상황이라 독일 무관들은 이제야 편한 자세로 앉 아 대화를 나눌 수 있었다.

물론 아직도 페인트를 얼굴에 칠한 이상한 군인들의 감시 하에 놓여 있었지만 말이다.

"대위님. 주한독일공사의 전언이 어느 정도 신빙성이 있는 거 같습니다. 포탄 터지는 소리가 들린 거라 보아 대포를 보유하고 있는 것은 분명한 거 같고, 소리의 빈도로 봐도 보유 문수가 결코 적지 않은 듯합니다."

부관이 앞서 있었던 전투 장면, 아니, 소리를 분석해 평가하자 막스 호프만(Max Hoffman) 대위 또한 고개를 끄덕거렸다.

"맞는 말이야. 게다가 기관총 소리도 났던 거 같네. 마적들이 보유하고 있는 게 아니라면 분명 한국군의 것이겠지. 그게 사실이라면 정말 놀라운 정보를 얻은 셈이군."

"전투의 결과가 어떻게 되었을까요?"

"빤하지. 한국군이 압승을 거뒀겠지. 저렇게 강한 화력을 투사했는데 도적떼에 불과한 군대가 이겨 낼 수 있었겠나?"

"그런데 저들은 왜 얼굴에 페인트를 칠했을까요?"

"글쎄…… 군복과 관계있지 않을까? 저들의 얼룩무늬 군복 말이야. 저들이 모습을 드러낼 때까지 우리는 전혀 눈치 채지 못했지 않았나? 그만큼 위장이 잘되었다는 거지. 게다가 얼굴까지 저렇게 칠해 놓으면 숲과 사람을 전혀 분간할 수 없지 않겠나?"

"오! 그렇다면 이건 매우 중요한 사실이군요. 반드시 보고서에 넣어야겠습니다. 저들이 사용하는 총도 자세히 스케치해서 보고서에 첨부하겠습니다."

"그러게…… 참으로 이번 전쟁에 참여해서 많은 걸 얻어 가는군."

호프만 대위는 그간 러일전쟁에서 목격했던 여러 전투 장면들까지 떠올린 모양이다.

그때였다.

능선 밑에서 장교 한 명과 사병 두 명이 걸어 올라오더니 자신들을 감시하던 한국군과 반갑게 인사를 나누는 모습이 보인다.

통역장교였다.

연대본부는 급히 독일어 구사가 가능한 장병을 수소문했지만 찾을 수 없어서 결국 영어가 가능한 장교를 보냈다.

독일군 진영에도 영어를 할 줄 아는 이가 있어 그나마 대화를 할 수 있게 되었다.

둘은 한참 동안 대화를 나누었는데, 한국군 장교는 계속 고개를 좌우로 흔들어 거부하는 모양새를 취했다.

황선일 소대장은 둘이 어떤 대화를 나누고 있는지 이 동작들만 보고도 미루어 짐작할 수 있었다.

4대대 2중대 병력이 지키고 있는 곳은 액목읍 서쪽의 산악지대였다.

이곳은 후세에 302번 국도가 지나는 곳으로 이 시대에도 길림과 액목을 연결하는 계곡 길이 나 있던 모양이다.

사령부에서는 이 길을 편의상 제 2의 적 진군로란 전술 기호를 달아 놓았다.

길림시의 북쪽 진영에서 출발한 약 3000명의 적군 중 천 명이 본대에서 갈라져 나와 이 길로 진군해 오고 있었다.

이곳의 작전 계획도 앞서 진행됐던 제 1진군로 전투와 다를 바가 없었다. 2중대는 대대장의 지시에 따라 계곡 길 끝 지점에 매복해 있다가 더 깊숙이 전방으로 들어가 진영을 펼쳤다.

얼마 전 전투를 마친 4중대가 이쪽으로 빠르게 이동,

평지로 이어지는 계곡 길을 삼면으로 막아 포위하겠다는 연락을 받자 부대를 이동시킨 것이다.

김평석 대대장이 이끌고 온 4중대는 작전 예정 지역에 도착하자마자 부랴부랴 크레이모어 지뢰를 깔고 박격포의 탄착 지점을 재는 등 전투 준비를 서둘렀다.

제 1진군로는 오르막 계곡이었던 데 반해 이 지역은 내리막 계곡이라 화기 소대로 하여금 뻥 뚫린 정면을 담당하게 했다.

오후 늦게 시작된 전투는 앞서 있던 전투와 판박이였다.

하지만 적 병력이 상대적으로 적어 이곳에 왔던 적들은 전멸에 가까운 타격을 받았다.

4중대 병력이 적의 진군을 막고 적 선두부의 병력을 타격하자 기습에 놀란 적은 다시 계곡 길을 되짚어 후퇴했는데 이번에는 2중대 병력이 아예 퇴로를 차단한 후 적을 섬멸했던 것이다.

전투가 끝나고 잠시 숨을 고르던 대대장은 자신의 임무가 거의 끝나 간다 생각했는지 안도의 한숨을 내쉬었다.

이제 남은 적은 송화강을 따라 남하하는, 제 3진군로

로 이동하고 있는 2,000여 병력이었다. 이곳은 5대대 병력이 지키고 있는 곳이라 4대대는 유사시만 대비하면 되었다.

전투에 참여한 병력들은 압도적 승리라는 전투 결과에 뜨겁게 고무되었다.

잔뜩 긴장했다가 순식간에 승리로 끝난 이 전투는 신병들에게 특별한 의미를 부여했다.

값진 경험을 했다는 점과 더불어 우리 군을 이길 군대가 없다는 자신감과 이런 강군의 일원이라는 자부심이 가슴에서 솟아오르는 모양이었다.

수없이 반복되는 훈련보다 이런 한 번의 실전이 병사를 더 성장시킨다는 것은 만고의 진리.

전장의 적 무기와 군량, 점산호들이 소지했던 금품 등의 전리품도 엄청났다.

지금쯤 제 1진군로 방면에서도 전장을 정리하며 전리품을 남김없이 챙겼을 것이다.

"대대장님. 큰일났습니다. 북쪽 3중대 주둔지로 정체불명의 군대가 접근하고 있답니다. 병력 규모는 500여 명, 1개 대대 규모로 보인답니다."

"뭐라! 아! 이런……."

옆에 있다 보고를 같이 들은 중대장이 고개를 갸웃거린다.

"어느 부대일까요?"

"뭐! 빤하지. 길림장군부의 청국 관병이겠지. 이놈들! 어째 하는 짓거리가 마적보다 더하냐?"

"아…… 그렇다면…… 어쩐지 마적과 처음부터 합류해 오지 않더라니…… 마적단들이 피 터지게 싸운 후에 뒤늦게 짠! 하고 나타나 공을 챙기려는 속셈이었나 봅니다."

실제 청국 관병의 못된 행태는 이 당시에도 유명했다.

마적이 나타나 주민들이 구원을 요청하면 못 들은 척하는 일은 예삿일이었다.

탈영병이 많은 부대로도 유명했다.

급료가 자주 밀리다 보니 탈영 또한 일상적인 일이 되었다. 더 악질적인 일은 이들이 주민들을 상대로 약탈도 서슴지 않았다는 점이다.

특히 한국인 주민들의 피해가 더 컸다고 한다.

"3중대와 조우 예상 시점은?"

"1시간 후로 예측된답니다."

"아니, 그렇게 빨리? 정찰기는 왜 확인 못했지?"

"전투가 끝나는 바람에 다른 곳으로 돌렸다고 합니다."

"이익! 미치겠군. 우리가 달려간다 해도 간당간당한데! 연대본부의 대책은?"

"연대본부 병력을 급히 보내겠다고 합니다. 보급품과 더불어⋯⋯."

"우리는?"

"그냥 여기서 대기하랍니다. 남쪽의 송화강 전선이 어떻게 될지 모르고, 적들이 다른 곳으로 샐지도 모르니 대비해야 한다고⋯⋯."

"아니! 5대대가 알아서 해야지. 왜 우리 보고 대기하래?"

"대대장님. 참으십시오. 어떻게든 3중대가 잘 막아 낼 겁니다."

"당연히 막아 내겠지. 문제는 쟤네들이 마적이 아니란 사실이야. 정규군이라고. 적들과 싸우다 사상자가 나면 어쩌냐고! 게다가 연대본부 예비 병력은 상당수가 신병 아닌가!"

실제로 연대본부에 남아 있는 병력들은 대개 공병, 수송, 보급, 통신 등의 보직을 받을 예정인 신병들이었다.

그리고 이들을 교육할 간부나 기간병의 수도 적어 지휘 통제가 잘 이루어질지도 미지수였다.

슬슬 마적의 뒤를 따르다 전리품이나 챙길 생각으로 나섰던 청의 관병들은 칠도하촌에 이르자 바짝 긴장하게 되었다.

수많은 마적들과 말의 시체가 길을 가로막았던 것이다.

조심스레 전장을 조사하던 지휘관은 양쪽 능선도 살펴보게 했다. 거기서 적이 진영을 펼친 흔적을 발견하자 지휘관은 서둘러 장교들을 소집해 의견을 나눴다.

일부 장교는 적의 규모와 무력을 확인하기 어렵고, 대군을 이뤘던 마적이 참패한 것으로 보인다며 후퇴해 훗날을 기약하자고 했다.

또 다른 이는 이 정도의 전투를 벌였으면 적도 큰 피해를 입었을 테니 진군해 적과 싸우자는 의견을 냈다.

고민하던 대대장은 후환이 두려워 결국 진군하기로 결정했다.

총 한 번 쏴 보지도 않고 후퇴했다면 장군부로부터 엄청난 문책을 받을 것이라 예상했던 것이다.

결국 저들은 조금 조심스럽고 치밀한 진군 계획을 세

웠다.

양쪽 능선에 1개 중대씩 배치해 능선을 뒤지며 전진하게 하고, 나머지는 계곡 길로 나아가게 한 것이다. 대대장의 이런 조치는 불행하게도 매우 유효적절한 조치였다.

이들의 움직임을 감지한 주창진 중대장은 머리를 감쌌다.

정말 위험한 전투가 될 수 있다고 판단한 것이다.

"홍범도 소대장님은 남쪽 능선으로 다가오는 적들을 맡으십시오. 황선일 소대장은 북쪽 능선을 맡고…… 화기소대는 중앙 고갯길을, 3소대는 인원을 분산해 각 능선의 옆길로 새어 들어오는 적군을 요격하는 임무를 맡는다. 그리고 각 소대원들은 참호를 더 견고하게 구축하라. 시간이 없으니 빨리 서두르라고!"

전투는 늦은 오후부터 시작되었다.

상대적으로 진군 속도가 빠른 계곡 길의 적을 향해 박격포가 포격을 시작했다.

총 6문의 박격포는 각기 구역을 분담해 순차적으로 적을 때렸다. 기관총도 불을 뿜었다.

이 첫 번째 공격에 1개 중대 정도의 적이 쓰러졌다.

이에 당황한 적 대대장은 계곡 쪽의 생존 병력을 급히

모아 다시 후방에 집결시켰다.

이 장면을 본 박격포반은 즉시 사격 지점을 수정하고, 다시 사격을 시작했다.

이 두 번째 공격으로 인해 평지의 적은 후방 지휘부만 남긴 채 거의 궤멸되었다. 여기까지는 순조로웠다. 하지만 문제는 능선에서 발생했다.

이번엔 크레이모어를 능선 전방에 배치했는데 적들이 산개해 다가오는데다 바위와 나무 등 온갖 장애물들로 인해 큰 효과를 보지 못한 것이다.

하지만 크레이모어의 공격은 적에게 엄청난 심리적 타격을 가했다. 땅을 울리는 폭음과 후폭풍에 놀란 적이 잠시 뒷걸음질을 친 것이다.

그러나 역시 관병은 달랐다. 후미에 붙어 독전을 하는 부대가 있다 보니 병사들은 마적들처럼 쉽게 흩어지지 않았던 것이다.

이 모든 사태를 주시하던 주창진 중위는 한숨부터 쉬었다.

"후! 이거 완전히 고지전이 됐군. 박격포반! 여기서 각이 나오는 대로 적 후방에 사격하고 화기소대 기관총 사수들은 양쪽 고지를 지원하도록!"

남쪽 고지를 지키는 홍범도 또한 다른 전투 때와 달리 잔뜩 긴장한 표정으로 소대원들을 독려했다.

"야! 고개 집어넣어! 적들이 다가오면 눈만 드러내고 사격하란 말이야!"

홍범도는 날카로운 눈으로 적들의 움직임을 살폈다.

"자, 모두 수류탄 투척 준비!"

"준비!"

"내가 지시하면 각자 맡은 방향의 적들을 향해 투척한다."

적들은 납작 몸을 웅그린 채 살금살금 다가오기 시작했다. 나무와 바위가 적들을 가려 주어 아직 어떤 공격도 효과가 없을 거 같았다.

"조금만…… 조금만…… 그래!"

마음속에 금 그어 놓은 지역에 적들이 도착하자 홍범도는 즉시 소리쳤다.

"투척!"

이미 한 번 경험해 봐서인지 신병들도 수류탄을 과감하게 던진다.

꽈광! 꽝!

난생처음 경험하는 수류탄이라는 무기에 적들은 무척

이나 당황했다. 솔방울 같은 게 굴러 오더니 엄청난 굉음을 내며 포탄처럼 터진 것이다.

"으아악!"

적병 수십 명이 그 자리에서 절명했다.

"사격 개시!"

당황해하는 적병들에게 소대원들이 조준 사격을 실시했다. 홍범도 또한 포수 시절 명사수로 이름 높았던 자신의 실력을 마음껏 발휘하며 총탄을 날려 댔다.

허준 상병도 적진을 향해 기관총탄을 마음껏 뿌리기 시작했다.

세 정의 기관총이 불을 뿜자 적들은 이내 지리멸렬해졌다. 후방에서 큰 소리가 울림과 동시에 적들이 빠른 속도로 후퇴하기 시작했다.

"자! 적들이 또 올지 모르니 모두 그 자리에서 대기하거라."

홍범도는 한차례 한숨을 쉬더니 이내 병사들에게 긴장의 끈을 놓지 말라고 지시했다.

주창진 중대장은 연대본부로부터 시시각각으로 전황을 전달받고 있었다.

뒤늦게 도착한 송골매 2가 전장 위를 선회하며 계속

정보를 전송해 주고 있던 것이다.

"적들이 후퇴하기 시작했답니다."

통신병의 소리를 들은 화기소대원들은 환호성을 내질 렀다.

"와아! 이겼다!"

하지만 주창진은 어두운 낯빛으로 환호하는 병사들을 제지했다.

"조용! 그리고…… 또."

"그것이…… 힘들겠지만 전멸시키랍니다. 마적이라면 몰라도 정규군에게 우리와 전투했던 정보가 넘어가면 안 된다고……."

"후후! 그럴 줄 알았지."

수류탄에서 공중 폭발 유탄, 기관총 등 갖가지 무기가 동원된 이 전투에 대한 정보가 적 장교의 입을 통해 청국 군 수뇌부로 전달되면 큰 문제가 될 수 있다.

마적들의 입을 통해 전달되는 것과, 정규군 장교의 입 을 통해 전달되는 것은 질적으로 큰 차이가 있는 것이다.

"그리고 마지막으로 미안하다는 연대장님의 전언 도……."

"알았다. 뭐 까라면 까야지, 어쩌겠나?"

주창진은 바로 명령을 내렸다.

화기 소대는 고개를 내려가 계곡 길을 통해 전진하고 3소대원들을 능선 사면을 따라 가며 수색하란 것이다. 그리고 홍범도와 황선일 소대에는 조금 어려운 주문을 했다.

"네, 알겠습니다. 충성!"

명령을 받은 홍범도는 회심의 미소를 지었다.

자신이 가장 잘하는 분야였던 것이다.

추격 섬멸전.

더구나 산길이라면 더 자신이 있었다.

"산길 타는 거 자신 있는 병사는 손들어 보거라!"

그러자 반수 정도가 손을 들었다.

하기야 대부분 함경도 출신들이라 산길이라면 이골이 난 이들이었다. 홍범도는 이들 중 1개 분대 정도의 병력을 추렸다.

"나머지는 능선과 능선 바깥 사면을 따라 적들을 추적한다. 적을 발견하면 무조건 사살하고!"

말을 마친 홍범도는 1개 분대를 이끌고 빠르게 전방을 향해 달려갔다.

적들을 앞질러 갈 생각을 한 것이다.

분명 적들은 흩어진 병력을 다시 모으는 번거로운 절차를 진행하고 있을 것이기 때문에 잘하면 앞서 갈 수 있으리란 판단을 한 것이다.

이는 황선일 소대도 마찬가지였다.

다만 산길 타는 게 아직 익숙지 못한 황선일은 다른 분대장에게 이 임무를 맡겼다.

확실히 산길을 타는 홍범도의 솜씨는 일품이었다.

거의 소리도 내지 않고, 평지를 달리듯 산을 타고 있었다. 다른 이들도 마찬가지였다. 대부분 포수 출신의 병사들이라 그런지 아주 능숙하게 달린다.

후일담이지만 연대본부와 진위대 사령부 간부들은 정찰기를 통해 이 장면을 지켜보며 모두 혀를 내둘렀다고 한다.

홍범도의 실력이야 익히 알았지만, 다른 병사들의 실력도 만만치 않았던 것이다. '다들 특전대원들에 버금가는 전력이다' 고 평가하며 무척 고무되었다고 한다.

전방을 살피고 뛰고 하며 한참 전진하던 홍범도는 드디어 적의 꼬리를 잡았다. 적들은 모두 산을 내려와 칠도 하촌 부근의 계곡에 집결하고 있었다.

홍범도는 부하들을 적 집결지 배후의 숲으로 이끌어

배치시킨 후, 조심스레 중대장을 호출해 적의 위치를 알려 주고 포위망 구축 방법을 건의했다.

조금 시간이 지나자, 뒤따라온 병력들이 조심스레 포위망을 형성했다.

그리고 적들 또한 집결이 완료되자 바로 이동을 시작하려 했다. 이미 말들은 어디로 도망갔는지 한 마리도 보이지 않았고, 잔여 병력은 거의 1개 중대 병력 정도였다.

그런 적에게 수류탄이 먼저 날아들었다.

꽝! 꽝, 꽝!

오밀조밀 모여 있는 적에게 수류탄은 무서운 무기였다.

이어서 각 분대마다 1정씩 배치되어 있는 기관총이 불을 뿜기 시작했다.

적들은 도망칠 생각도 못했다.

이미 홍범도 부대에 의해 퇴로가 막힌 상태였고, 이를 포함 사방이 모두 포위됐다는 사실을 이미 깨달았기 때문이다.

항복이고 뭐고 결정할 시간도 없었다. 엄청난 화력이 집중된 탓에 짧은 시간임에도 금세 전멸당했던 것이다.

제3장

13도 의군 특파대

10월 초순, 강원도 평강군 동북쪽의 깊은 산악지대.

정환교 대령이 인솔해 온 13도 의군 특파대원과 보급대원 백여 명 가량이 연신 구슬땀을 쏟으며 주둔지 공사를 한다.

이곳으로 온 13도 의군 특파대는 11개 팀이었다.

한성에 파견되어 있는 세 개 팀과 평양에 자리 잡은 박명환 중령 팀까지 포함하면 총 15개 팀이 된다. 즉, 특전대의 절반에 해당하는 병력이 이번 작전에 참여한 것이다.

보급대원들 또한 이번에 선견대에서 나이 제한에 걸려

퇴역한 이들로 구성되었다.

보급로를 오가는 과정에서 적과 마주칠 일이 발생할 수 있어 전투 경험이 있는 이들에게 이 일을 맡긴 것이다.

이곳 주둔지는 한반도의 중간 지점이란 지리적 이점과 더불어 남쪽에 추가령구조곡—단층작용에 의해 형성된 좁고 길며 낮은 지형의 골짜기로 예전부터 서울에서 원산을 잇는 경원가도(京元街道)가 나 있었고 후세에 경원선이 부설된다—이란 주요 통로, 즉, 서울에서 함경도로 이어지는 일본군의 주요 보급로를 여차하면 차단할 수 있다는 이점이 있어 이곳을 택한 것이다.

공도영 보급대장과 정환일 대령은 잠시 휴식을 취하며 한담을 나눈다.

"앞으로 고생이 많으시겠습니다. 이 험한 산길을 타고 다니며 보급을 하셔야 하니⋯⋯."

"일없음메. 왜놈들이랑 싸우는 일이가 힘들디, 짐으 나르는 거이 무시기 힘들겠슴메? 게다가 둥간둥간 딩검다리 같은 둥계소이 하는 거이가 만들어진다 하이 더 쉽디 않겠슴둥?"

"혹시 이번에 군문을 나오게 된 일 때문에 불만 있는

분 없습니까?"

"왜 없겠슴둥? 더 싸우고 싶어 난리디. 고래도 치안대도 고로코 간도 주덩부에서 삯으 받는 보급대로 배치해 주이 다들 고마워하꼬마. 이 일도 나라 위하는 일이가 아님매?"

"하하! 그렇지요."

"가티 싸우며 보이 간도진위대 군이가 덩말 무서웠꼬마. 그거이 보니 군문으 나와도 아무 걱덩이 없수다. 고거이 마음 편했디."

그때 주변을 경계하던 대원이 헤드셋으로 알려 왔다.

송선춘과 그 일행으로 보이는 사람들이 접근하고 있다는 것이다.

잠시 후, 숨을 헐떡이며 사내 여럿이 숲에서 나와 몸을 드러냈다.

"충성! 환영합니다, 여러분. 간도진위대의 13도 의군 특파대장 정환교 대령이라 합니다."

"오! 벌써 와 계셨소? 전 송선춘이라 하오."

"하하! 알고 있습니다. 그러면 다른 분들은……."

그때, 건장한 체격의 중년인이 먼저 나섰다.

"이번에 폐하께서 13도 의군 총대장으로 임명한 김두

성이오. 이쪽은 내 부관들이고."

"아! 반갑습니다. 그럼 잠시만 기다려 주십시오. 우리 장교들을 불러 모으겠습니다."

정환교는 헤드셋으로 주변 수색에 나섰거나 작업 중인 팀장들을 불러 모았다.

이 장면을 유심히 바라보던 김두성이 이게 무슨 일이냐고 질문을 하자, 송선춘이 알아서 대답을 해 준다.

"하하! 그래서 제가 말했지 않았습니까? 간도군과 같이 있다 보면 계속 놀랄 일만 있을 거라고."

지휘부가 다 모이자 임시로 쳐 놓은 천막 안으로 들어가 서로 수인사를 나눈다. 보급대장도 함께했다.

"여기 동행한 부관들이 각 도의 거점 예비지로 귀측의 특파대원들을 안내해 줄 것이오."

"일차 목표 지점은 어디입니까?"

"평양과 황해도의 황주, 강원도의 원주와 충청북도 청주요. 함경도 북청은 이미 전쟁 와중에 해산된 것과 마찬가지니 제외시켰소. 하지만 왜놈의 헌병대가 그 병영을 지키고 있다 하니 간도에서 알아서 처리해 주시오."

"음. 그럼 남은 곳은 수원, 대구, 광주로군요."

"그렇소. 그 지역들은 거리도 멀고 산길로 연결되기

어려운 곳이라 다음번으로 미루었소."

"동시에 일을 벌이는 게 좋은데…… 어쩔 수 없지요. 알겠습니다."

"그럼 각 지역에 부대원들을 몇 명이나 보낼 생각이시오?"

"2개 팀 20명씩 보낼 생각입니다."

"20명? 그 정도로 되겠소?"

"하하! 믿어 보십시오. 능력이 탁월하니 좋은 결과를 낼 겁니다."

한성에서도 이 부대에 대해 들어 봤지만 도통 믿음이 가지 않는 모양인지 김두성의 표정엔 의심하는 기색이 역력했다.

"뭐…… 그렇다면야. 그런데 이번에 무기도 가져오셨소?"

"그렇습니다. 러시아제 모신―나강 소총 200여 정에 탄약 10만 발 정도를 가져왔습니다. 그리고……."

말을 하다 말고 정환교 대령은 공도영 보급대장을 소개시켰다.

"이분들께서 앞으로 계속 무기와 식량 및 기타 보급품들을 공급해 줄 겁니다."

"오오! 정말 고맙소. 보급대장께선 참으로 힘든 일을 맡으셨소이다. 그 먼 길을 왕래하며 이 무거운 짐들을 져 나르신다니⋯⋯."

"일없음메. 이제 다른 지역에도 군단이 맹글어지면 고기두 보급대이 배치될 거꼬마."

대충 중요한 대화가 끝나자 정환교 특파대장은 자리에서 일어났다.

"전 그럼 주둔지 만드는 일을 지휘해야 해서⋯⋯ 그리고 각지에 파견 나갈 대원들도 편성해야 하니 먼저 일어나겠습니다."

"허허! 성격 참 급하시오. 처음 만나는 자리인데 오늘 하루는 쉬며 서로 얘기나 나누는 게 어떻겠소? 술도 한잔 곁들이며 말이오. 간도 특파대원들과 처음 만나는 날이고, 먼 길 오며 쌓인 피로를 푸시라고 오는 길에 술도 받아 왔소이다."

"술이요? 하하! 좋지요."

정환교 대령은 술 이야기에 얼굴이 활짝 펴진다. 그간 내내 산길 타느라고 술 냄새도 못 맡았던 것이다.

한성의 민우는 다시 세창양행을 찾았다. 볼터는 예의

환하게 웃는 얼굴로 민우를 맞아 주었다.

"오오! 다시 보니 반갑습니다. 이게 얼마만이죠?"

"하하! 아직 한 달을 넘지 않았습니다만⋯⋯."

"그래요? 제겐 마치 일 년은 된 것 같군요. 그래 오늘
은 어인 일로 오셨습니까?"

"또 부탁할 일이 있어서 왔지요."

"그 부탁이 제게도 이익이 되는 일이겠죠?"

"당연하지요."

가끔 신경전을 벌이기는 하나 그래도 둘은 꽤 친한 사
이가 됐다.

"간도에서 받은 물품은 유럽으로 보내셨습니까?"

"물론입니다. 벌써 보냈지요. 우리 잘데른 공사님의
추천장까지 동봉해서 보냈으니 마이어 씨가 알아서 잘
진행할 겁니다."

"하하하! 역시⋯⋯ 그럼 잘데른 공사님과 많은 얘길
나누셨겠군요."

"흠⋯⋯ 그게 그렇게 됐습니다. 예상하셨다시
피⋯⋯."

"뭐, 좋습니다. 그건 그렇고, 제가 주문했던 물품은
많이 모으셨습니까? 특히 무기들 말이죠."

"본국에 의뢰를 넣어 놨으니 다음 배편으로 들어올 겁니다."

이미 주문 의뢰는 간도에서 했지만 민우는 이 자리에서 몇 가지를 더 추가했다. 방적기와 직조기, 재봉틀 등의 기계류와 전화기 및 전화교환기 등을 포함시킨 것이다.

기초 산업의 육성에 힘을 쏟고 있는 간도의 형편상 경공업 관련 산업은 일단 수입 기계를 도입해 급한 대로 꾸려 가기로 한 것이다.

물론 더 뛰어난 기계를 만들 수 있는 간도의 입장에서 보면 분명 비효율적인 일이지만 주민과 직원들의 의식주 문제를 계속 외면할 수 없었던 것이다.

전화기 또한 간도의 행정구역이 정비되며 필요성이 증대되고 있어 끼워 넣은 것이다.

군용 무전기의 수가 한정되어 있기에 행정기관에서 계속 사용할 수는 없는 일이었다.

"그 물품들은 텐진이나 상하이, 홍콩 등지에서 구할 수 있을 테니 이번에 같이 보낼 수 있겠군요."

"이번에도 블라디보스톡으로 운송했으면 합니다."

"알겠습니다."

"그리고…… 이건 볼터 사장님께 따로 드리는 부탁입니다만……."

"음. 무슨 얘긴데 이리 신중하신지……."

"혹시 상하이 덕화은행에 폐하의 내탕금이 예치되어 있다는 사실을 아십니까?"

"흠…… 잘데른 공사님을 통해 언뜻 들은 바가 있습니다만."

독일계 합작 은행인 덕화은행에 입금된 황제의 비자금은 100만 마르크—21세기 원화 시세로 500억 원 정도—였고, 주로 금괴 형태로 입금했으며, 중간에서 연결해 준 이가 바로 잘데른이었다.

황제는 민우의 건의를 받아들여 이 돈을 모두 인출해 간도로 보내기로 한 모양이다.

"이번에 폐하께서 헐버트 경을 상하이로 파견해 이용익 대감과 더불어 그 돈을 인출할 거라고 합니다."

"그럼 인출을 도와달라는?"

"그렇게까지는 아니고, 호위대로 참여하는 우리 군인들의 승선을 도와주셨으면 해서……."

"아! 그분들 말씀이군요. 알겠습니다. 이 부분도 각별히 신경 쓰겠습니다. 그런데 독일인인 제가 도와드리면 인출 과정도 더 수월하지 않겠습니까?"

"아…… 그럼 염치불구하고 부탁 드려도 되겠습니까? 그럼 폐하께서 신임장도 써 주실 겁니다."

"알겠습니다. 도와드리지요. 아니, 이번에도 블라디보스톡까지 다녀오겠습니다."

"우와! 이렇게 신경 써 주시다니, 정말 감사합니다."

"하하! 너무 고마워하지 마십시오. 이 일도 장사꾼 입장에서 투사하는 일입니다."

"그렇게 되나요? 하하하!"

"돌아가는 형세를 보니 간도와 황제 폐하 간에 아주 밀접하게 관계를 맺으신 모양입니다."

"당연한 일이죠. 저도 폐하의 신하이니……."

"신하라…… 그렇군요."

"아무튼 무기는 지속적으로 구입해 주십시오. 앞으로 계속 사들일 계획이니……."

"그럼 최종적으로 몇 정까지 생각하십니까?"

"일 단계로 일만 정을 목표로 삼았습니다. 그다음엔 형세를 보아 가며 결정할 겁니다. 특히 탄약은 많을수록 좋으니 힘닿는 대로 구해 주십시오."

"일만 정이라…… 엄청난 물량이군요. 내 이러니 간도

에 투자하지 않고, 못 배기겠습니다. 정말 간도랑 인연 맺은 게 제겐 행운이었군요. 아니, 고 국장님과 인연 맺은 게 그렇다고 해야 하나? 하하하!"

"앞으로 더 많이 버시게 될 겁니다. 그러니 우리 대한 제국을 많이 도와주십시오. 이건 제…… 부탁입니다."

민우는 이 말을 하며 깊이 고개를 숙였다.

"허허! 물론입니다. 제가 이래 봬도 친한파입니다. 앞으로도 신의를 다해 같이 거래합시다."

"고맙습니다. 볼터 사장님."

"이거…… 아무래도 이쯤 되면 화물선을 더……."

볼터는 민우의 얘기를 듣자 내심 화물선을 더 구입해야겠다는 생각이 든 모양이다.

유럽에서 오는 화물이야 운송회사와 계약을 맺어 얼마든지 실어 올 수 있지만 동아시아 지역의 화물도 폭증할 가능성이 크니 고려해 볼 만했다.

또 전쟁도 끝났고 하니 러시아 철도 노선을 통한 육로 수송 방식도 타진해 볼 필요가 있다는 생각도 들었다.

하지만 러시아와 독일의 관계가 그리 좋지 않은 관계로 이 방식은 국제정세의 흐름을 보며 결정할 일이었다.

일본 정부는 전후 처리 문제로 눈코 뜰 새 없이 바쁘게 움직였다.

주지하듯 눈앞에 닥친 가장 큰 과제는 고갈된 국가 재정 문제의 해결과 청국과 벌여야 할 협상 건이었다.

고무라 쥬타로(小村壽太郞) 외상은 지난 일을 생각하자 가슴이 욱신거린다.

포츠머스에서 그 지난한 회담을 마치고 돌아왔는데 국민들은 자신을 완전히 매국노 취급했다.

러시아로부터 전후 배상금을 받아 내지 못했다며 흑룡회와 기타 극우단체들이 소요를 일으켰고, 그 와중에 자신의 저택마저 불타 버렸다.

그런 그에게 또 골치 아픈 손님이 찾아왔다.

바로 주한일본공사인 하야시였다. 하야시는 지난 달말, 득달같이 달려와 한국에 적어도 한 개 사단을 추가 파병해야 한다며 여기저기 떠들고 다녔다.

"일단 한국의 외교권을 공식적으로 빼앗아 보호국으로 만드는 일을 우선적으로 추진하시오. 증원은 그다음 일이오. 지금 본국의 형편이 어떤지 모르시오?"

"그걸 제가 어찌 모르겠습니까? 하지만 한국의 형편이 그리 녹록하지 않습니다. 지금 전국에서 폭도들이 설치고 있어 각지에 파견 나가 있는 헌병대가 몰살당할 지경입니다. 간도는 어떻습니까? 간도의 폭도들이 보통 강한 게 아닙니다. 평안도와 함경도의 산악지대에 주둔한 병력들과 연락이 끊긴 지 한참 됐습니다. 하세가와 한국주차군 사령관은 그들이 간도 폭도들의 공격을 받아 전멸당했을 거라고 합니다."

"이익! 간도! 그놈의 간도! 그 간도 놈들 때문에 청국과의 협상도 시원치가 않아요."

"아니! 그쪽도 문제가 되고 있습니까?"

"남만주 지역의 철도 부설 문제라든지, 그 부속지의 권리는 포츠머스 조약 내용대로 인정해 주겠답니다. 하지만 간도 영유권이 청나라에 있다는 점을 조약에 명시하자더군요."

"아니! 이자들이? 간도야말로 요충지 아닙니까? 러시아도 견제하고 동 만주 일대에 세력을 투사하기도 좋고……."

"그러니 문제지요. 게다가 간도 폭도들 때문에 청나라의 분노가 이만저만이 아니에요. 한국의 내정을 장악한 게 너희 일본인데, 왜 그 문제를 처리 못하느냐, 일부러 그러는 거 아니냐고 얼마나 화를 내던지……."

"아, 이야기 들었습니다. 저번에 간도를 벗어난 지역까지 점령했다고……?"

"뭐, 그거야 저들의 주장이고. 간도의 영역이 어느 정도인지는 워낙 말들이 많으니……."

"어쨌든 우리가 힘을 집중해 저들을 토벌하기만 하면 저 땅이 고스란히 우리 일본에게 들어오는 거 아닙니까? 그러니 절대로 영유권을 청에게 넘겨줘선 안 될 겁니다."

"그걸 내가 왜 모르겠소? 문제는 시간이오. 포츠머스 회담으로 얻은 게 없다며 모두 난리가 아니오? 청나라와 벌이고 있는 이번 협상도 타결이 안 되고 있으니 그나마 인정받은 만주의 이권도 아직 손에 쥔 거라 할 수 없지 않소? 그러니 당분간 모든 외교적 역량을 청국과 협상에 동원하고 있는 것이오. 안 그러면 천황 폐하를 볼 낯이 없지 않소?"

결국 하야시의 요구는 그다음 과제로 미루겠다는 말이다.

천황까지 들먹이니 하야시는 할 말이 없었다. 자신도 외무성의 일원이라 실적이라는 명분 때문이라도 물러서는 게 옳았다.

"그럼 청국과 어떻게 협상을 하려고 합니까?"

"일단 간도 문제는 뒤로 미루고 다른 부분만 먼저 합의하자고 해야죠. 그 대신 간도의 폭도에 맞설 수 있게끔 도와주겠다는 미끼나 던지기로 했소. 무기 공급 같은……."

"아! 그럼 원 계획대로……."

"그렇소. 그게 우리 입장에서도 두 마리 토끼를 잡는 일 아니오? 간도의 폭도들 견제를 청국에 맡기고, 우린 그사이에 내실을 다지며 한국을 병탄하는 것이오."

"그럼 추가 파병은 언제쯤 가능하겠습니까?"

"무조건 올해는 안 될 거요. 내년에 재정 형편을 고려해 결정하거나 미국에 요청한 차관 문제가 해결돼야 움직일 수 있을 것이오."

"차관이요?"

"그렇소. 가네코 밀사가 루즈벨트를 만나기로 했소. 창피한 일이지만 이번에도 또 부탁해 볼 생각이오."

러일전쟁이 한창이던 와중에, 그것도 일본의 승리 가능성이 별로 높지 않다고 점쳐지던 때에, 제이콥 헨리 시프(Jacob Henry Schiff)라는 유태인 자본가(전미 유대협회 회장)의 도움으로 일본은 내셔널 시티 은행으로부터 영국 돈 1백만 파운드의 국채를 발행할 수 있었다.

시프는 그 이후에도 총 2억 달러에 달하는 자금을 일본 정부에 빌려 주었다.

또 개전 전, 루즈벨트 대통령은 앤드류 카네기의 철강회사, 제이피 모건 등의 대기업 등과 접촉, 약 7억엔(21세기 원화로 14조원 상당의)을 일본에 빌려 주도록 주선하기도 했다.

한마디로 미국의 자본, 특히 유태계 자본이 없었다면 일본은 이번 전쟁을 일으킬 생각도 못했단 얘기가 된다.

고무라는 이 선례를 따라 또 한 번 미국에 손을 내밀기로 한 모양이다.

"상황이 그렇다니 어쩔 수 없겠군요. 그럼 그렇게 알고 있겠습니다."

"물론 북쪽 두 사단의 병력 충원과 헌병대의 증파는 이뤄질 것이오. 그리고 이토 히로부미 후작을 만나서 한국 문제에 대해 많은 의견을 나눠 보시오. 그 이유는……."

"아! 네. 알겠습니다."

하야시는 뭔가 감을 잡았다는 듯이 고개를 힘차게 끄덕였다.

한번 불붙기 시작한 간도의 전화는 더욱 세차게 불타 오르고 있었다.

제 2연대 4대대 병력이 길림에서 출발한 적의 반수 이상을 물리치는 전과를 거뒀지만, 2,000여 적 병력들 은 여전히 송화강을 따라 남하하고 있었다. 그뿐만이 아 니다.

"4대대 1중대 액목에서 돈화로 진군하던 도중 일단의 마적단과 접촉, 교전 섬멸함. 아군 피해 없음."

"그래? 돈화는 어떤가?"

"그곳이 더 문제입니다. 돈화 주변 지역에서 소규모 마적단들이 일어나 병력을 합치더니 인근 마을을 휩쓸고 있습니다. 병력 규모도 거의 이백 명이 다 되어 갑니다."

"끙! 미치겠군. 역시 여기가 가장 큰 우환거리였어. 4 대대 1중대 병력이 처리할 수 있겠나?"

"거리상 어려울 것 같습니다. 저놈들이 미친 척하고 서쪽의 액목으로 향하지 않는 한……."

길림—액목—돈화—명월로 이어지는 서북쪽 노선은 예나 지금이나 마적들의 주요 통행로였음이 결국 사실로 드러났다.

특히 돈화 지역은 목단강 상류와 사하(沙河), 소석두하(小石頭河) 소석하(小石河) 등의 여러 물줄기가 교차하는 곳으로, 이 물줄기들이 만들어 놓은 드넓은 하천분지가 펼쳐져 있는 곳이다.

이들 하천 변을 중심으로 큰 마을이 많이 분포되어 있는데, 저번에 이곳을 지나간 간도군은 돈화읍내의 마을만 점령하고 떠난 상태라, 아직 정리하지 못한 마을이 많이 남아 있었다.

그런 면에서 돈화는 조만간 대도시로 성장할 만한 곳이라 할 수 있을 것이다.

하지만 지금은 각지에서 비 온 뒤 새싹 돋아나듯 수많은 마적단이 일어나고 있는 곳, 그야말로 무법지대였다.

"결국 명월을 향해 동진할 가능성이 크다는 얘기군."

"그렇습니다."

"적 병력이 더 늘어날 수도 있나?"

"솔직히 그럴 가능성이 높다고 생각합니다. 저들은 간도의 무력이 만만치 않음을 익히 들어 알고 있을 테니 분명 뭉치는 전략을 구사할 가능성이 큽니다. 또, 돈화읍을 점령했던 우리 군이 액목으로 가는 걸 목격했을 거고, 이에 따라 자연스레 명월이 비었을 것이라 짐작했을 겁니다."

"휴! 걱정이군. 어쩔 수 없지. 그럼 명월 주둔 소대와 치안대 병력을 준비시키게. 신합을 지키고 있는 치안대 분견대에도 명월로 급히 이동하라 전하고! 여차하면 사령부 수비 병력도 출동 대기해야겠지?"

"네, 알겠습니다."

"그리고 저놈들 어느 마을에서 기어 나왔는지 낱낱이 기록해 두라고. 일 끝나면 아주 제대로 족칠 거니까!"

"사령관님! 적 삼백 정도의 무리가 서쪽에서 화전읍 방향으로 접근 중입니다. 적 도착 예정 시간은 두 시간 이후로 추측됩니다."

"2연대에서 파악하고 있겠지?"

"그렇습니다."

동부전선도 예외가 아니었다.

"동부전선에서도 보고가 들어왔습니다. 연추 산악 지역에서 상황 발생. 아직 출진하진 않았지만, 일본군 주둔지보다 훈춘 쪽으로 방향을 잡을 가능성이 크다고 합니다."

"미친놈들. 1연대와 한번 붙어 보겠다고? 크크! 한번 해보라고 해!"

"동령군 산악 지역에서도 소규모 마적단이 출현했습니다."

"그래? 혹시 모르니 해병대에도 정보를 전달해 주게. 영안군 쪽은 어떤가?"

"아직 잠잠한 모양입니다. 저번에 해병대와 2연대 병력이 목단강시로 진군하면서 워낙 꼼꼼하게 정리해 놓아서 대규모 마적단이 출현할 가능성은 거의 없을 겁니다. 소규모 토비라면 몰라도."

"하긴…… 그렇겠지."

이곳저곳에서 보고가 올라오자 사령부의 작전 상황판엔 여러 전술 기호들이 붙고, 수많은 화살표들이 어지럽게 그어지고 있었다.

2연대 5대대는 송화강과 랍법하가 합류하는 지점에 임시 대대본부를 만들고, 이 지역을 중심으로 방어선을 펼치고 있었다.

이곳에 3개 중대를 배치해 길림에서 내려오는 2,000여 병력을 담당하게 하고, 1개 중대는 동쪽으로 보냈다.

제 2지대에 대한 토벌을 실행하게 한 것이다.

이 병력은 표하(漂河)를 따라 동쪽으로 이동해 가며 대대 주둔지에서 돈화 사이에 있는 마을을 점령하는 임무를 맡았다. 표하는 동쪽 산악 지대에서 서쪽 송화강으로 흘러드는 하천인데, 물줄기를 거슬러 올라간 후 여러 계곡을 넘으면 돈화에 닿을 수 있어 이곳 또한 매우 중요한 통로라 할 수 있다.

이렇게 각 부대들이 물줄기를 따라 점령전을 벌이는 이유는 마을들 대다수가 하천 변을 따라 분포하고 있기 때문이다.

해가 지자 송화강을 따라 내려오던 마적들은 야영을 준비하기 시작했다.

원래 이들의 이동 속도를 고려하면 벌써 5대대 병력이 매복해 있는 곳까지 도달해야 했다.

하지만 참새가 방앗간을 그냥 지나치지 못하듯, 이들은 송화강변을 따라 분포하고 있는 마을마다 들러 식량과 돈을 털며 오느라 늦어진 것이다.

일종의 보호세란 명분으로 걷는, 합법적(?) 약탈 행위이자, 이 지역에서 관행처럼 굳어진 행동이었다.

이 일로 진군이 늦어지자 점산호와 마적 두목들 간에 언쟁도 있었지만, 칼자루를 쥔 게 마적이다 보니 점산호들도 이들의 행위를 묵인할 수밖에 없었다.

이들의 야영 준비 장면을 멀찍이서 지켜보던 5대대 정찰병들은 이를 지체 없이 대대장에게 보고했다. 이번에 대대장으로 승급한 지형원 중령은 이 보고를 받자 회심의 미소를 지었다.

"흐흐! 덕분에 조금 작전이 수월해질 것 같군. 그럼 작전을 새로 짜야겠지?"

지형원은 중대장들과 참모들을 불러 모은 뒤 긴급 작전 회의를 했다.

그 결과 전 병력을 마적들의 숙영지 근처로 이동시킨후 야간에 기습 공격을 벌이기로 결정했다.

"병력 중에 신병들이 많으니 지휘관들은 야간 이동 시행동 요령을 다시 한 번 숙지시키게. 하여간 절대 정숙! 그 점 잊지 말고, 정찰대를 먼저 보내 혹시 배치되어 있을지 모를 적 전초들을 제거하며 이동하도록!"

원 계획은 모든 병력을 강가 근처의 산악지대에 매복시킨 다음 적이 작전 지역에 들어오면 퇴로를 봉쇄한 후 집중 공격을 해서 섬멸하는 것이다.

적들은 삼면이 강으로 둘러싸인 이곳 지형 특성 상 강을 건너는 방법 이외엔 도망칠 곳이 없게 된다.

대대장은 이 작전 보다 자고 있는 적을 치는 게 더 효과적일 거라는 판단을 한 것이다.

마적들이 숙영지를 꾸린 곳은 작전 예정지에서 북쪽으로 3㎞ 떨어진 지점이었다.

오늘 낮에 거둬들인 식량과 돈 때문인지 적 진영은 잔치 분위기였다.

두목들은 옹기종기 모여 술판까지 벌인다.

이런 상황이라 원정군에 필수적인 엄정한 군기는 이미 흩어진 지 오래.

진군을 시작할 때까지만 해도 나름 군대다운 분위기가 유지되었지만 이제 다시 마적 본연의 모습으로 돌아간 것이다.

"후후! 저것들 아주 살판났군. 저런 것들 때문에 긴장한 우린 뭐가 되냐고!"

대대장은 매우 기분이 나빠 보였다.

천하에 둘도 없는 정예군인 간도군이 저런 오합지졸 때문에 잠깐 긴장했다는 사실에 살짝 자존심이 상한 것이다.

밤이 깊어지자 적들은 나름 야습에 대비한다고 보초병만 비교적 촘촘히 세워 두고 나머지 병력은 모두 잠자리에 들었다.

지형원 대대장은 송화강 방향만 제외하고 나머지 삼면에 중대 병력을 배치해 포위망을 짰다.

박격포도 각기 타격 지점을 정해 놓고 미리 조준해 놓았다.

이곳의 지형 또한 간도군에게 매우 유리했다.

험준한 노야령 산악지대를 가르며 흐르는 송화강은 이곳을 마치 계곡처럼 만들어 놓았다. 후세에 이런 지형적 특성을 활용, 서북쪽 하류에 수력발전소를 만들자 이곳은 송화호란 거대한 호수로 변하게 된다.

미래의 송화호(松花湖)는 길이 200km, 너비 10km의 규모로 길림성 최대의 인공 호수였다.

이런 지형 특성 때문에 마적들의 숙영지는 강변을 따라 길게 펼쳐져 있었다.

이에 따라 각 중대의 화기소대들을 모두 동쪽의 가파른 산악지대에 마적들의 숙영지와 평행하게 배치, 박격포와 기관총이 적을 내려다보며 공격할 수 있게 했다.

"그럼 시작해 볼까?"

시계를 보던 지형원이 무전으로 공격 명령을 내리자, 박격포의 사격이 시작됐다. 포탄을 최대한 아끼라는 사령부의 지시대로 모든 박격포는 조준된 지역에 한 발씩만 발사했고, 대신 곧바로 미리 깔아 놓은 크레이모어를 격발시켰다.

쒸융! 꽈광! 꽝!

포탄이 터지고 크레이모어의 쇠구슬이 일제히 덮치자 적진은 순식간에 아수라장이 되었다.

초병들은 공격과 동시에 각 중대의 사격 표적이 되거나 크레이모어의 1차 희생양이 된 상황이었다.

그래도 이 와중에 목숨을 부지한 적병들은 불붙은 천막에서 뛰쳐나와 사방으로 내달렸다.

하지만 이런 자들은 곧바로 빗발치는 기관총탄의 세례를 받고 하나둘 쓰러져 갔다.

이윽고 대대장의 지시에 모든 공격이 일제히 멈췄다.

부상당한 적들의 비명 소리도 이내 잦아들었다.

워낙 강력한 공격이었기에 부상자도 거의 남기지 않았고, 부상당한 이들도 곧 절명했다.

불과 10여 분 남짓한 시간.

그야말로 순식간에 끝난 전투에 신병들은 어안이 벙벙한 모양이다. 게다가 적진에선 단 한 발의 총탄도 날아오지 않았다.

"알았나? 전투를 앞두고 저렇게 퍼져 버리면 이런 결과가 발생한다는 사실을. 경계에 실패해도 그렇고! 오늘은 적들이 우리에게 당했지만, 우리도 저렇게 행동하면 다음엔 우리가 당한다 말이다. 모두 명심하도록!"

어느 중대장이 신병들에게 던진 말이었다.

신병들은 역지사지해서 적의 입장이 되어 생각해 보더니 금세 치를 떨었다.

"대대장님. 헤엄쳐 도망치는 놈들이 몇 명 있습니다. 잡아야 하지 않겠습니까?"

"그래? 그냥 놔둬라. 사령부의 방침이니……."

도망친 적들은 자신들이 어떻게 당했는지, 적이 얼마나 무서운지 떠들고 다닐 것이다.

공포는 다른 감정에 비해 쉽게 전염된다.

마적 잔당들이 품은 어마어마한 공포감은 한족 마을 주민들에게 그대로 전염되고, 더 증폭되리라.

과장되게 마련인 소문의 속성대로 말이다.

그런 소문을 들은 이들이 마적단을 조직해 간도로 진군하는 건 꿈도 못 꿀 것이다. 아니, 아예 마을을 떠나 서쪽으로 피난 가야 하는 것은 아닌지 심각하게 고민할 것이다.

이게 바로 소수의 마적을 살려 보내라 결정한 사령부의 노림 수였다.

화전읍에 주둔하고 있는 제 2연대 2대대 병력 또한 동진하고 있는 삼백여 규모의 마적단을 처리하기 위해 분주히 움직이고 있었다.

화전 또한 거대한 규모로 평야지대가 발달해 있어 후일 대도시로 성장할 만한 잠재력이 있는 곳이다. 휘발하(揮發河)—토문하(土門河)라 불리기도—가 굽이쳐 흐르며 만든 하천 평야지대라 분명 토지도 비옥할 것이다.

사실 주 정부는 2차 영역의 경계를 이 지역 동쪽의 송화강으로 하려 했다.

하지만 화전의 옥토가 탐이 나 조금 무리해서 점령한 것이다.

방어 또한 그리 어렵지 않아서 좋았다. 평야지대 서남쪽, 상류의 두도구 지역만 막으면 된다.

휘발하는 두도구 지역까지 협곡 지형을 만들며 흘러내려오다 갑자기 넓은 평야지대를 만들게 되는데, 그게 바로 화전 지역이다.

물론 토문하 노선 말고 화전으로 연결되는 여러 계곡

길이 있었지만, 모두가 산악지대와 연결되는 길이라 소수의 경계병만 두어도 큰 문제는 없었다.

2대대장 강환일 대령은 대대본부를 화전읍 동편의 고성터에 마련했다.

소밀성(蘇密城)이란 이름의 옛 대진국 발해의 성터였다.

그리고 주변의 평야지대를 샅샅이 점령해 두었다.

물론 화진 읍내에 있던, 규모가 큰 점산호들은 점령 초기에 모두 정리한 상태였다. 평야지대 이외의 지역에는 그리 큰 마을이 없지만 드넓은 지역을 방어해야 하는 2대대 입장에서 배후에 조그만 틈도 있어선 안 되었기에 꼼꼼히 체크해 둔 것이다.

"휴유! 걱정되네. 이토록 광활한 땅을 우리 병력만으로 방어하라니……."

강환일은 지도를 보자 한숨부터 나왔다.

비록 화전 주변 지형이 산악지대로 둘러싸여 있다고 하지만, 장광재령 지역이나, 북간도처럼 높은 산악지대가 아니어서 적들이 마음만 먹는다면 언제든 넘어올 수 있는 곳이다.

사령부는 물길 쪽만 막으면 된다고 강변하며 걱정 말

라 했지만, 지키는 입장에선 그렇지 않은 것이다.

"앞으로 병력이 충원되면 최소 1개 대대는 보내야겠어. 이곳에 말이야!"

대대장이 가리킨 곳은 북쪽에 주둔하고 있는 5대대의 담당 지역, 즉, 송화강과 랍법하가 합류되는 지점에서 화전으로 이어지는 산악지대였다.

"뭐, 지금은 강줄기 따라 막기만 하면 되지만, 이왕 이렇게 된 거 국경선을 직선으로 쭉 그어 내려와 더 많은 땅을 확보해야 하지 않겠어?"

"하하! 대대장님의 영토 욕심이 대단하십니다."

"뭐…… 나만 그런가?"

"하긴 군인들이라면 다들 그럴 겁니다."

간도자유주 인사들 중, 군부인사들 대부분이 팽창론자였다.

"아무튼 이 방어선 모양새가 참 맘에 안 들어."

그가 불만인 것은 이번 가을 대 회전의 방어선이 강을 따라 그어졌기에 화전은 서쪽으로 툭 불거져 나온 모양새가 되었다는 것이다.

"어쩔 수 없지 않겠습니까? 아직 병력이 적으니……."

"그렇다는 얘기지 뭐. 덕분에 우리 2중대 병력은 기동 타격대처럼 활용할 수밖에 없게 되었잖아? 뭔가 허술하고 찜찜하달까. 모양새가 안 난다 해야 할까?"

2중대는 이미 동쪽으로 이동, 표하와 송화강이 합류하는 곳부터 휘발하와 송화강이 합류하는 곳의 중간에 해당되는 지점에 병력을 배치하고 대기 상태에 있었다.

그곳에서 대기하다 적들이 나타나 송화강을 건너려 하면 바로 요격하러 나가기로 했던 것이다. 그나마 이런 작전이 가능한 것도 정찰기 덕분이다.

"4중대는 어디쯤 가 있지?"

"휘발하와 송화강 합류 지점 남쪽에서 송화강 상류를 따라 남하하고 있습니다."

2대대의 제2지대 담당 지역은 송화강 본류의 상류지대와 두도송화강이 만나는 지역까지다.

그래서 4중대로 하여금 그 주변 지역을 정밀하게 수색하고 마을들을 모두 점령하라 명령했던 것이다.

그리고 남은 2개 중대 중 3중대는 분대 단위로 병력을 나누어 화전 남북쪽 산악지대와 연결되는 여러 골짜기 길의 경계를 맡겼고, 1중대에게 마적단의 주요 통로인 두도구 지역을 지키게 했다.

"그 삼백 정도라는 마적은?"

"지금 신나게 휘발하를 따라 내려오고 있습니다. 한 시간 내에 전투가 벌어지리라 예상하고 있습니다. 작전 예상 지역은 두도구와 이도구 사이 지점이 적당할 거 같 다고 1중대장이 보고해 왔습니다."

"알았네. 뭐 무장도 불충분한 삼백 정도의 도적을 상 대하는 데 부족함은 없겠지."

"물론입니다."

"알았어. 그런데 내 걱정은 저 삼백의 무리가 아니야. 우리 담당 지역이 워낙 넓다 보니 분명 뚫리는 곳이 있을 거란 생각이 들어."

"그건 어쩔 수 없습니다. 사령부가 세운 2차 계획에 맡길 수밖에 없지 않겠습니까?"

"흠. 그렇게 되면 드디어 치안대의 능력을 점검하게 되는 건가?"

강환일은 턱을 쓰다듬으며 다시 지도에 눈길을 주었다.

2대대장 강환일처럼 1대대장 오민구 또한 지도를 면밀 히 살피고 있었다.

그의 고민도 2대대장과 다르지 않았다.

담당 지역이 너무 넓었던 것이다.

백산과 연결되는 강원읍은 일본군이 접근할 수도 있어

경계를 풀면 안 되는 곳이다. 그리고 두도송화강 주변 지역 또한 진군할 때 제대로 체크하지 않은 곳이었다. 대대본부가 있는 몽강읍—훗날 정우현이란 이름이 붙은 지역인데 언제부터인지 모르지만 그전에 몽강현(蒙江縣)이라 불렸다는 기록을 찾아낸 주정부가 이 이름을 부여한 것—도 넓은 평야지대라 이곳을 지켜 내는 데 상당한 병력이 필요했다.

그리고 1대대의 제 2지대 담당구역인 무송읍 지역의 토벌도 상당히 중요한 작전 중의 하나였다.

이에 오민구 대대장은 다른 대대처럼 1개 중대를 보내 몽강(蒙江)을 따라 동진하며 주변 마을을 정리한 후, 무송읍과 주변 지역의 마을을 모두 점령하라 명령했다.

헐버트는 한성에서 그 존재 자체가 가장 큰 비밀이라는 인물의 얼굴을 세심하게 살펴보았다. 드디어 떨어진 황제의 허락, 그와 만나 보라는.

그가 이번에 상하이에서 수행할 비밀 임무를 맡으며 어쩔 수 없이 취해진 조치였다. 그 때문에 그를 감시하던 두 명의 밀정이 이번에 떨어져 나갔다. 황제의 명령을 받은 민우가 행한 일이었다.

"하하! 제 얼굴에 뭐가 묻었습니까?"

"아닙니다. 만나는 것조차 위험하다는 사람이 앞에 있으니 당연히 긴장되는 거 아니겠습니까?"

민우 또한 헐버트의 얼굴을 뚫어져라 바라보고 있었다.

민우도 고민이었다.

아무리 황제의 친구이고, 어떤 애국지사 못지않은 인물이라 할지라도 그는 천상 미국인.

과연 어디까지 그에게 알려야 할까? 물론 주정부에선 이상설 등과 더불어 그도 1급 영입대상 인사로 분류한 상태였다.

민우는 고개를 세차게 흔들었다.

기우다. 이렇게 미적대서야 무슨 일을 하겠는가!

"간도에 대해 무척 궁금하셨지요?"

"물론입니다. 폐하께서 왜 그렇게 숨기시는지 궁금했습니다. 믿지 못할 소문도 그렇고……."

"그 소문은 완전히 축소된 소문입니다. 그걸 퍼트린 것도 우리가 했지요."

"네? 그게 정말입니까?"

천천히 고개를 끄덕인 민우. 그의 표정이 표변한다.

굳은 표정으로 또박또박 힘을 주어 말을 한다.

"지금부터 보게 되는 것을! 알게 되는 사실을! 동지들 이외에 누구에게도 발설하지 않을 자신이 있습니까? 특히 미국 쪽 인사들에게 말입니다. 가족도 포함해서……."

"아…… 그렇다면……."

"조금이라도 주저하신다면 전 아무 말도 하지 않겠습니다."

"허허! 무섭군요. 어느 정도길래……."

"헐버트 선생이 이걸 어길 경우 대한제국의 운명도 바뀔 수 있다고 해야 할까요?"

"흠…… 맹세라도 해야 믿어 주시겠군요."

"솔직히 그렇습니다. 사실 미국은 이미 대한제국의 적이 된 상황입니다. 이 사실을 알고 계십니까?"

"그렇습니다. 폐하로부터 들었습니다. 우리 조국이 몹쓸 짓을 했습니다. 이 작고 아름다운 나라를 흉악한 강도에게 팔아넘긴 것과 다르지 않는 일을 저질렀죠. 죄송스러울 따름입니다. 그리고 맹세라도 하겠습니다. 전 미국인이기에 앞서 폐하의 신하입니다."

헐버트는 굳은 표정을 지었다.

이에 민우는 간도에 대해 상세한 정보를 들려주고 자

료도 보여 주었다. 헐버트의 반응 또한 다른 이들과 다르지 않았다.

"하하하! 이러니 폐하와 친구들이 간도! 간도! 하신 모양입니다. 드디어 이 나라에 희망이 보이는군요."

헐버트가 말한 친구란 이상설 선생을 말함이다.

이밖에 간도에 대한 수많은 문답이 오고 간 후, 이번 임무에 대한 얘기가 시작되었다.

"이용익 대감처럼 어선을 수배해 남몰래 바다로 나가십시오. 약속한 시간에 창룡호가 나타날 테니 그때 배를 갈아타시면 됩니다."

"그래야겠지요? 이번 전쟁이 끝난 후, 일제의 감시망이 더 치밀해졌으니……."

"변장하는 것도 잊지 마시고요."

"허허! 그럴 생각이었습니다."

민우는 헐버트의 상하이 임무에 특전대원 네 명을 붙여 주기로 했다.

제4장

치안대의 활약

훈춘시는 간도의 몇 안 되는 인구 밀집 지역인데 반해 인접한 훈춘군은 훈춘강을 따라 몇 개의 규모가 어느 정도 되는 만주족 마을만 점점이 분포할 뿐, 거의 빈 땅이나 다름없는 지역이다.

하지만 연추에서 피난 온 사람들로 인해 인구가 빠른 속도로 늘게 되었다.

이번 가을에 연추에서 이주해 온 인구가 벌써 4만 명이 되어 간다.

당초 예상했던 3만 명을 훌쩍 뛰어넘어선 것이다. 연추가 일본의 영토가 되자, 이주를 거부하던 이들이 마음을 바꾼 탓이다.

게다가 농작물의 추수가 거의 다 끝나 깊은 산골짜기에 거주하던 이들도 곧 넘어올 것이라 하니 더 늘어날 가능성이 컸다.

훈춘시와 가까운 홍기하 마을 쪽에 가장 먼저 개척촌들이 들어섰는데, 이주민들은 이곳을 신연추면이라 스스로 개칭했다. 그리고 마적달 지역은 태평면, 춘화진 지역은 춘화면이라 새로 이름을 붙였다.

주정부는 군청 소재지를 훈춘강 중류 지역에 위치한 태평면에 두고 최재형을 군수로 임명했다.

이에 따라 태평면은 자연스레 태평읍으로 이름이 바뀌게 된다.

그리고 이곳부터 본격적으로 주민 정책을 시행했다. 한꺼번에 많은 인구가 유입되다 보니 군청 소재지에서 이들을 다 건사하기 힘들어 면 단위로 대책을 세웠다. 만주족 마을이 자리 잡은 곳에서 조금 떨어진 곳을 정해 토지를 제공하자 주민들은 출신 마을 별로 뭉쳐 개척촌을 건설하기 시작했다.

주택지로 구분된 곳에 초막이며, 토굴이며, 임시 살림집을 짓고 투표로 뽑은 동장의 지휘 아래 자발적으로 농토를 나눠 가졌다.

물론 면에서 파견 나온 직원들이 이 과정에 개입해 도움을 주고 분쟁이 생기지 않도록 중재도 해 주었다.

이런 방식으로 훈춘군 전역에 수많은 마을이 들어서게 되었다.

그리고 주정부는 마을 이름, 즉, 동 이름을 짓는 일을 주민들에게 맡겼다.

주민들이 희망하는 이름을 몇 개 지어 제출하면 주정부는 군 단위 별로 이름이 겹치지 않도록 심사를 해 그 결과를 통보해 주었다.

담당부서인 내부(內部)의 직원들은 이 일이 매우 즐거운 모양이다.

"같은 이름도 의외로 많네요."

"행복동? 복동? 거참! 복자 들어가는 이름이 많은 거 보니 다들 복 많이 받고 싶으신가 봅니다. 하하!"

"평강동도 많아요. 태평동, 천수동도 많고……."

"역시 우리가 알고 있는 것과 다르지 않네요."

실제로 만주에 붙은 마을 이름 중, 마을 사람들의 소망이 담긴 듯한 이름들은 대개 한국인들이 지은 것이다.

복동(福洞), 명동(明洞), 지신향(智新鄉), 덕신향(德

新鄉) 등은 용정 지역의 마을 이름들인데, 이것만 보아도 한국인 주민들의 작명 관행을 엿볼 수 있다.

어느 마을이건 글줄 아는 이가 있다 보니 이렇게 한자어로 이름을 짓는다.

통상 마을 사람들의 소망을 담아내거나 유교적 이상이 담긴 이름이 많이 선택되었다.

이 외에 천수동, 청암동 같이 자연환경 상의 특성을 고려하거나 원 고향 마을 이름에 '신' 자를 붙여 쓰는 경우도 꽤 많았다.

"어쨌건 그놈의 숫자 지명을 보다 이 지명을 보니 살 것 같네요."

"이런 식으로 하면 지명 문제에 대한 고민이 상당 부분 해결될 거 같지 않습니까? 하천 이름도 그렇고."

"그렇네요. 주민들도 자기들이 지은 이름이라 마을에 더 애착을 느낄 거고요."

간도 곳곳에 마적들이 출몰해 전투를 벌이고 있는 와중이다.

하지만 훈춘군의 주민 대책은 이보다 더 시급했다.

준비가 안 된 상태로 겨울을 맞게 되면 큰 참사가 날 수도 있기 때문이다.

주정부는 치안대를 면 단위로 파견하고 면사무소의 창고마다 식량을 가득 채워 주었다. 원래 군청 소재지에서 시행할 행정을 면 단위로 확대한 것이다.

훈춘군의 인구가 급격히 늘다 보니 정부에 고용되는 인력도 많이 늘어났다.

농사꾼이 할 일이야 내년 봄 농사를 대비해 이번 가을에 천천히 개간만 해 두면 된다.

이에 마을 주민들 중, 상대적으로 젊은 축에 드는 이들은 화룡의 주정부나 다른 군청으로 일거리를 찾아 나섰다.

덕분에 주정부는 알뜰하게 인력을 뽑아 쓸 수 있게 되었다.

더구나 연추 주민 중엔 신식 교육을 받은 이도 꽤 많았다. 군도 마찬가지였다.

병력 자원이 대거 늘어나면서 각지에 있는 훈련소 또한 어렵지 않게 훈련병을 모을 수 있었다.

이에 진위대 사령부는 훈춘에 훈련소를 설립해 1연대 관할로 두기로 결정했다. 이에 따라 연길에 있는 모아산 훈련소는 남쪽의 6연대 소속으로 바뀌게 된다.

치안대 인원이 부쩍 늘어나면서 경찰제도에 대한 틀도 서서히 잡히기 시작했다. 제 1지대에 속한 9개의 군과 시에는 이미 경무서가 설치된 상태였다.

각지의 군청 소재지에 있는 점산호의 저택 중 하나가 임시 경무서가 되었고, 중대 병력에 해당되는 150명 정도의 대원이 각 군의 경무서 소속으로 배치됐다.

경무서 아래엔 면사무소 단위에 설치되는 치안분견대를 두고, 인구가 많은 동에는 치안분소를 두었다.

치안대 병력이 부족했던 초기에 분견소라 해서 몇 명만 파견했던 것을 이렇게 바꾼 것이다.

그리고 나머지 치안대원들 또한 몇 개 중대로 나누어 치안감찰대라 명명한 후 광산과 도로 공사장에 배치해 노역을 하는 포로의 관리를 맡겼다.

그리고 선견한국분견대가 해체되며 대거 늘어난 치안대 인력을 조직해 제 2지대에 투입할 준비를 하고 있는 상황이었다. 이 또한 2주간의 훈련 과정을 마치면서 가능하게 되었다.

이 작전 계획에 따라 화룡 서북쪽에 위치한 명월군에 제복을 말끔히 갖춰 입은 치안대원들이 잔뜩 몰려들었다.

차도선(車道善)은 차에서 내리자 깊이 심호흡을 한 후

밝은 표정으로 주변을 두리번거렸다.

그는 화룡훈련소를 나와 제 2지대의 치안을 담당하게
될 150여 명의 치안대원과 함께 도착한 것이다.

그는 모자를 벗고 머리를 만지작거리더니 다시 모자를
고쳐 쓴다.

주정부의 방침대로 깔끔하게 단발을 하긴 했는데 아직
짧은 머리가 익숙지 않은 모양이다.

"홍 대장 말 듣기르 덩말 잘하디 아이했니?"

"형님 말이가 맞수다. 아이 경덩님 말씀이가 맞꼬마."

태양욱(太陽郁)은 고개를 크게 끄덕이며 동의한다.

"티안대 데복이가 덩말 멋지지 않네? 다들 더렇게 차
려입으니 웬만한 정예병으 뺨치게 생겼다야."

"맞는 말이우다. 간도군이가 이렇게 물산이 풍족한 줄
으 몰랐꼬마."

차도선과 태양욱은 홍범도가 써 준 초청장을 갖고 주
정부로 찾아왔다.

일개 직원에게 건넨 초청장은 순식간에 주지사 손에
들어갔다.

차도선과 태양욱이란 이름을 알아본 도래인 직원 덕분
이었다.

그 때문에 두 사람은 주지사와 면담하는 행운도 얻고, 자신들이 바라던 대로 치안대에 입대할 수 있었다.

더 큰 행운은 훈련소를 나오자마자 찾아왔다.

차도선은 진위대 간부 출신이란 배경 덕분에 단번에 '경정'이란 지위—후대의 경찰서장 직위—에 임명된 후, 제 2지대에 속하는 돈화군의 경무서장으로 발령 받았고, 태양욱은 경위란 계급을 부여 받게 된 것이다.

현재까지 치안대의 계급 체계에서 경정은 치안국장 바로 다음 자리였다.

치안국장은 마땅한 책임자가 나타날 때까지 공석으로 두기로 했고, 현재는 진위대장이 임시로 명령권을 행사하고 있었다. 경정의 지위를 받은 이는 차도선 말고도 15명이나 되었다.

군으로 치면 중대 급의 치안대원을 통솔하는 이들에게 모두 경정이란 지위를 준 것이다.

이들은 대개 대한제국 진위대의 간부출신이거나, 선견 한국분견대에서 다수의 전투 경험을 쌓은 이들이었다.

차도선을 포함해 치안대원이 된 이들은 처우에 대단히 만족해했다.

일단 높은 급여 수준에 기뻐했고, 지급받은 복장과 장

비에도 열광했다.

이들이 지급받은 복장은 구 북한군이 입었던 정복이었다. 몇 달 전 도래인들이 이곳에 올 당시, 구 북한군의 10군단 군단 창고의 물품을 모두 쓸어 온 덕이다.

이 창고엔 무기보다 제복이나 병사들의 생활용품 같은 것들이 엄청나게 많이 남아 있었다.

무기는 중국군과 전투하는 와중에 많이 소진되었지만, 다른 보급품들은 멀쩡했던 것이다.

이 때문에 간도진위대의 무기와 제복은 구 남한군의 것을 주로 사용하지만, 직원들의 옷이나 치안대의 제복은 10군단 창고의 물품을 활용하고 있었다.

특히 선견대에 있던 이들은 간도진위대 병사들의 제복을 무척 부러워했는데, 막상 치안대 제복을 지급받자 군복보다 더 낫다며 기뻐했다고 한다.

하기야 전투복과 정복은 그 용도가 다르기 때문에 이들이 그렇게 느낄 만도 했다.

전투에 특화된 전투복보다 나름 멋을 낸 정복이 훨씬 더 좋게 보였을 것이다.

치안대원이 지급받은 무기는 러시아제 모신—나강 소총이었고, 전투용 물품이 담긴 배낭도 하나씩 받았다.

거기에다 각 경무서나 치안감찰대마다 군마를 50필씩 배정했다.

이렇게 무장해 놓고 보니 이 시대의 웬만한 정규군과 필적할 정도가 되었다.

간도의 불안한 치안 상태도 그렇고, 곳곳에서 출몰하는 맹수 문제 때문에라도 간도의 경찰체제는 당분간 무장경찰, 즉, 준 군사조직 형태로 운영될 계획이었다.

멋들어진 제복과 훌륭한 무장은 치안대원들의 만족감을 한껏 높여 주었다.

어쩌다 마주치는 주민들이 보내 주는 찬사 또한 이들에게 더욱 자부심을 갖게 했다.

차도선 또한 어린아이처럼 자신의 계급장과 제복을 만지작거리며 좋아했다.

"충성! 제 2연대 연대본부 소속의 소대장 천상호 대위입니다. 만나서 반갑습니다."

영토 내 군사 요충지에 남겨 둔 소대들은 모두 연대본부로 소속이 바뀌어 있었다. 그리고 이번에 마적들과 전투를 앞두고 각 소대장에게 임시로 치안대의 지휘권을 부여했다.

"아…… 충성! 차도선 경정이라 하오."

"때 맞춰서 오셨군요. 그럼 같이 작전 회의에 참가하시겠습니까? 간부들은 절 따라 오시고, 다른 대원들은 잠시 휴식을 취하십시오. 명월군 경무서의 치안대 간부분들은 이미 다 모여 있습니다."

"알겠수다."

이들은 명월읍의 군 주둔지로 들어갔다.

"적 병력 수가 빠르게 늘어 벌써 사백 명이 되어 간다고 합니다. 이미 돈화를 출발했고, 내일 오후쯤 이곳 명월군 관내에 도착할 거라 예상됩니다."

천상호 대위의 브리핑을 듣자 치안대 간부들의 표정이 조금 어두워진다. 생각보다 적 병력이 많다는 생각이 든 모양이다.

"명월군의 표창진 경무서장님? 신합면의 분견대와 다른 분소 병력들은 언제 도착할 것 같습니까?"

신합면과 그 주변 지역에 배치되어 있는 치안대 병력은 거의 50여 명에 달한다.

"오늘 밤이 되면 도착하지 않겠슴메?"

"흠…… 그럼 얼추 계획대로 진행할 수 있을 거 같습니다."

명월군 내 이수면, 수동면, 석문면 등에 나가 있던 대원은 이미 도착했지만 신합면은 조금 거리가 있다 보니 아직 도착하지 못했던 것이다.

이들이 다 모이게 되면 치안대 병력만 두 경무서 병력을 합해 300여 명 가량 될 테니 그리 모자란 것은 아니었다.

"이번 전투를 앞두고 사령부에서 신신당부했습니다. 어떤 경우에도 사상자가 나오지 않게 하라고 말입니다. 더구나 저희 소대에 박격포가 배치되어 있지 않다 보니 더 걱정을 하시는 거 같습니다."

"흠……"

치안대 간부들도 박격포가 없다는 사실에 조금 안색이 어두워졌다.

"하하! 너무 걱정하지 마십시오. 우리 진위대의 소대 화력이 그리 약한 편이 아니니. 그래도 사령부의 명령도 있고 해서 이번엔 적을 막아 내는 데만 주력하기로 했습니다. 보통 우리 군은 포위 섬멸전을 했는데 이번엔 특별히 방침을 바꾼 겁니다."

"고럼 적도들이가 뿔뿔이 흩어디면 어떡함메? 고거이 더 후환거리 되는 거이 앙이오?"

"걱정 마십시오. 놈들의 뒤를 쫓고 있는 부대가 있으

니까요. 우리가 교전을 끝낼 때쯤이면 그 부대가 마적들의 뒤를 쳐서 다 잡아낼 겁니다."

"오오! 구원군이 있단 말임둥?"

"그렇습니다. 그러니 절대로 무리하지 마시고 훈련소에서 배운 대로 철저히 몸을 숨기고 사격을 하십시오. 숨길 지형지물이 없으면 참호를 파시고…… 하여간 맡은 구역의 적들만 물리치시면 됩니다."

"허허! 알았슴메."

"신합면 병력이 도착하면 배치 예정 지역에 보내 드릴 테니 다들 먼저 담당 지역으로 가십시오. 도착하면 진지를 구축하고, 야영 준비도 하시고요. 적의 동향은 그때그때 제가 알려 드리겠습니다. 무전기 사용법은 다 배우셨지요?"

간부들은 입가에 쓴웃음을 머금고 고개를 끄덕거린다.

처음 소형 워키토키를 지급받았을 때 겪었던 해프닝이 떠오르는 모양이다.

사령부의 작전 상황실엔 어느새 이학균도 들어와 전투의 진행 상황을 살피고 있었다.

그는 무인정찰기를 통해 중계되고 있는 각 지역의 전

투 장면을 지켜보며 또 한 번 경악했다.

현지의 상황이 이렇게 영화 형태로 나오는 것도 놀라웠지만, 이전에 영화에서 봤듯 적을 순식간에 박살내는 전투 장면은 더욱 압권이었다.

서부 전선에서는 아직도 상황이 끝나지 않고 있었다.

비교적 규모가 큰, 화전으로 진군했던 마적단은 이미 토벌된 상황이었지만, 간도에 대해 아직 어떤 소문도 듣지 못한 정신 나간 마적단들이 계속 접근해 오고 있기 때문이다.

길림에서 나온 마적단은 워낙 대규모라 사령부도 꽤 신경을 썼지만 몇 십 명 단위, 많아 봐야 백 명 남짓한 마적단에 대해서는 그다지 신경 쓰지도 않았다.

다만 일선 부대의 대응이 늦어져 국경이 뚫리는 상황이 발생하지 않도록 계속 지시를 내리고 있었다.

"아…… 이런!"

"뭔가?"

"무송에서 문제가 발생했습니다. 제 2지대 토벌군이 아직 도착하지 않은 상황인데…… 이 지역에서도 마적단이 뭉치고 있습니다. 병력 규모가 꽤 되어 보입니다. 한 이백 정도……."

"1대대 1중대 병력이 토벌할 수 있을까?"

"힘들 겁니다. 그 병력들은 아직 몽강 유역의 마을을 점령하고 있는 상황이라……."

"돈화랑 같은 경우군. 문제는 저들의 진로인데……."

"저들이 남하하면 3연대가 있으니 문제가 없지만, 동진을 하면 송강진이나 내두산까지 저들을 막을 병력이 없습니다. 다행이라면 이 중간 지역에 아직 개척촌이 만들어지지 않아서 주민 피해를 걱정하지 않아도 된다는 점입니다."

"흠…… 일단 송강진은 소대병력과 치안대 병력을 적극 활용해야 할 거고…… 문제는 내두산이로군. 소대 병력만 가지고 벅찰 수도 있으니…… 할 수 없지. 본부 병력 중 1개 화기 소대를 뽑아 내두산에 지원해 주게. 급하니까 차량으로 이동시키고."

아직 적들의 진로를 예측할 수 없는 상황이라 송강진과 내두산 양쪽 모두 대책을 마련해 놓아야 한다.

"마적의 규모가 크다 하나 겨우 이백 정도인데 우리 군의 전력이라면 크게 걱정할 필요가 없지 않소?"

지켜보던 이학균이 고개를 갸웃거리며 끼어들었다.

"그게…… 저희가 걱정하는 것은 패전이 아닙니다. 사

상자가 나올까 걱정하는 겁니다. 특히 이번에 첫 실전을 치를 치안대원들 생각하면 몹시 불안합니다."

"허허! 참으로……."

이학균은 다시 한 번 간도 사람들의 사고방식이 신선하다 느꼈다.

지금까지 치른 그 수많은 전투에서 발생한 전사자는 겨우 두 명이었다.

하지만 이들은 그 자체를 치욕스럽게 생각했다.

이번 대 회전을 앞두고도 계속 그 사실을 상기시키고, 입에 달고 다니며 지휘하는 모습에 신선한 충격을 받았다.

이런 지휘관이 있는 군대, 이런 전과를 올리는 군대라면 어느 누구든 주저하지 않고 이 군영에 발을 들여놓을 것이다.

"사령관님. 명월에서 곧 전투가 시작될 거 같습니다."

"그래? 이제 치안대의 전투를 보게 되는군. 치안대의 전력을 평가하는 첫 무대이니 상세하게 전투 상황을 기록하라."

"네. 알겠습니다."

지시를 내리는 장순택의 표정이 딱딱하게 굳어 있었다.

"진짜 괜찮을까? 볼트액션 식 소총만으로 무장한 채 싸우게 되면……."

장순택은 계속 혼잣말을 되뇌며 고개를 갸웃거린다.

주민의 안전을 위해 천상호 소대장은 전장을 명월에서 훨씬 더 전방 쪽으로 잡았다. 그래서 병력들을 일찍 출발 시킨 것이다. 또 진지를 구축할 시간도 필요했다. 야간 전투 장비가 없는 치안대의 처지를 고려해 야습은 아예 고려하지 않았다.

이들이 진을 친 지역은 라남(羅南)이란 지명이 붙은 곳이었다.

명월읍에서 서북쪽으로 4~5㎞ 떨어진 지점이다.

돈화에서 명월로 이어지는 길은 부르통하가 만들어 놓은 협곡 위에 나 있었다. 거의 직선으로 흐르는 하천을 따라 긴 회랑처럼 뻗어 있는 이 협곡은, 가로 폭이 넓은 곳은 1㎞, 좁은 곳은 백여 미터 정도밖에 되지 않는데, 특히 이 라남 지역은 백 미터도 되지 않아 보인다.

"으흠! 정말 맘에 드는 곳이야."

아침 안개도 걷히고 해가 높이 떠오르자 이 협곡의 지형이 더욱 선명하게 드러났다.

천상호 소대장은 다시 각 치안대원들에게 무전을 보냈다.

"이제 조금 있으면 적들이 올 겁니다. 우리 소대가 사격할 때까지 철저하게 은폐 및 엄폐를 하고 계셔야 합니다. 절대 매복을 들키면 안 됩니다. 소리도 내지 마십시오. 이런 계곡 지형에선 작은 소리도 잘 들리니…… 이 점 꼭 명심하십시오."

치칙!

"아, 알았꾸마. 이…… 이상!"

"음…… 그러니끼니…… 이짝도 알아들었꾸마. 이상!"

아직 통신 요령에 숙달되지 않은 치안대 간부들이 무전기를 입에 댄 채 진땀을 뻘뻘 흘리고 있을 장면이 떠오르자 소대장의 입가에 미소가 맴돈다.

얼마 지나지 않아 연대본부로부터 무전이 들어왔다.

"당소! 둥지 둘! 둥지 둘! 적도 출현! 적도 출현! 귀소 1km 앞 지점. 대응 바람. 이상!"

소대장은 정보를 받자마자 소대원들에게 전투 준비를 하라고 지시하고, 앞을 뚫어져라 노려봤다. 이윽고, 소수의 기마대를 앞세운 마적 무리들이 시야에 들어오기 시작했다. 적들은 거침없이 다가오고 있었다.

소대장은 침을 삼켰다. 아직까지 매복이 들키지 않은 모양이다. 생각보다 치안대원들이 잘 따라 주고 있는 것 같았다.

사백 명 정도의 마적이라 대열의 길이는 오백 미터도 되지 않을 것이다. 소대장은 포위망 안에 모든 마적이 들어오길 기다리고 있었다. 어림짐작으로 잡은 사격 개시선에 적의 선두 대열이 들어서자 소대장은 지체 없이 발포 명령을 내렸다.

투다다다다!

소대가 보유하고 있는 세 대의 기관총이 먼저 불을 뿜었다.

이 기관총 소리를 신호로 계곡의 양쪽 능선 진지에서도 사격이 시작되었다.

탕! 타탕! 탕!

확실히 기관총의 위력은 대단했다.

러일전쟁과 1차 세계대전에서 최고의 무기로 이름을 떨쳤던 그 명성 그대로 이 시대에 이런 전투에서 기관총만 한 무기는 없었다.

적의 선두대열이 순식간에 무너지자 적 진영은 금방 이지러졌다. 적의 전진이 멈추자 소대장은 지체 없이 명령을 내렸다.

"1분대! 참호로 진입!"

그 명령에 1분대원들은 적 진격로 방향의 빈 참호—어제 파 놓았던—로 뛰어들어 가더니 이내 사격을 시작했다.

차도선과 그의 부하들은 남쪽 능선을 담당하고 있었다.

처음, 마적들의 말 발굽소리와 발자국 소리가 들리기 시작했을 때는 거의 숨도 쉬지 못했다. 그런 팽팽한 긴장감을 유지하던 대원들은 후방 소대의 총성 소리를 듣자마자 진지에서 고개를 내밀고 바로 사격을 시작했다.

한 발 쏘고 장전하고, 한 발 쏘고 장전하고. 그들은 능숙하게 소총을 다루고 있었다.

차도선도 벌써 몇 명의 마적을 처리했는지 모른다. 그저 적의 모습이 조준선이 들어오는 대로 방아쇠를 당겼다.

진위대 사령부에서도 이 장면을 실시간으로 지켜보고 있었다.

"와! 이럴 수가!"

"허허허! 기우였어. 저렇게 능수능란하다니……."

"세상에나! 완전 백발백중입니다."

"모신 나강 소총이 저격용으로 각광받는 이유를 알 것

같습니다."

"놀라운 사격 솜씨입니다. 대부분 포수 출신이라 그런 모양입니다."

화면 속의 치안대원들은 귀신같이 적을 맞췄다. 험한 산악지대를 누비며 화승총으로 호랑이를 잡던 산포수의 명성 그대로, 그 시절의 솜씨를 유감없이 발휘하고 있었다.

어떤 이는 슬며시 위치도 바꿔 가며 사격하기에 더 좋은 자리를 알아서 찾아간다.

"이동하는 표적을 어떻게 이리도 잘 맞출 수 있습니까? 놀랍습니다."

이미 첫 기관총 공격 이후 적들은 공포감에 사로잡혀 사방으로 뛰어다니고 있었는데, 그런 적들도 족족 잘 잡아내고 있었다.

"아마 적의 이동 속도까지 계산해 사격하는 모양입니다."

"앞으로 치안대의 전력을 무시하면 안되겠습니다. 국경 내에서 출몰하는 마적 정도는 완전히 맡겨도 될 거 같습니다."

이런 저런 평을 곁들이며 이들의 전투 장면을 주시하던 간부들은 전투가 완전히 마무리되자 환호성을 질러 댔다.

"와아!"

짝! 짝! 짝! 짝!

박수까지 치며 즐거워하는 간부들은 서로 하이파이브까지 나눈다.

이학균 또한 한껏 미소를 머금고 그 모양을 지켜보다 자신을 향해 장순택이 손을 들어 올리는 것을 보고 얼떨결에 손을 들었다. 장순택의 손바닥이 세차게 그의 손바닥을 치고 지나가자 어색해하는 이학균.

"허허! 낯설지만 재미있는 인사법이오. 그래도 즐겁기만 하구려."

갑자기 엄숙함이 사라지고 콘서트장 같이 변한 사령부 막사의 분위기는 어색하면서도 어울리는 한 장의 그림이 되었다.

모니터 화면엔 살아남은 수십 명의 마적들이 꽁지가 빠져라 도망가는 모습이 생생히 흘러나오고 있었다.

"사격 중지!"

무전을 통해 사격 중지 명령을 내린 천상호는 한껏 웃었다.

"짜식들! 도망가 봐야 소용없단 걸 모르는군. 어때? 우리 치안대 아저씨들 멋지지 않나?"

"대단했습니다. 저분들 활약하는 걸 보니 쓸 데 없이 기관총탄을 많이 낭비했단 생각까지 들었습니다."

"그래? 하하! 그건 그렇군."

결국 마적들은 도망을 치다 뒤따라온 돈화 방면 토벌대—2연대 4대대 1중대 병력—에게 모두 사로잡힌다. 이들은 토벌대 병력이 실루엣처럼 보이기 시작할 때부터 무기를 던지고 손을 번쩍 들어 올렸다고 한다.

무송에서 출발한 이백 여 마적들은 결국 그대로 직진해 송강진을 향해 내달렸다.

명월로 진군했던 이들처럼 간도가 비었을 거라 예상한 모양이다.

이들은 처음 동북쪽으로 방향을 잡은 후 이도송화강을 만나자 강을 따라 쭉 동진하고 있었다.

이들의 운명 또한 돈화 출신의 마적과 크게 다르지 않았다.

송강진 주둔 소대와 150여 명의 치안대가 계곡에 의지해 침착하게 응전 이들을 거의 전멸시켰다.

물론 마적들의 후방을 막지 못해 도망친 마적이 꽤 많았지만 이들이 본거지인 무송에 도착했을 때쯤이면 무송

방면 토벌대—제 2연대 1대대 1중대 병력—에게 치죄를 당하는 절차를 밟게 될 것이다.

이처럼 간도 곳곳에서 준동했던 마적단들이 하나둘 토벌되기 시작하면서 가을 대 회전은 서서히 막을 내리고 있었다.

서부 전선에서 놓친 소규모 마적단도 있었지만, 이미 담당 지역에 도착해 활동하고 있던 제 2지대 토벌대에게 모두 정리된 상황이다.

이번 전투로 간도군은 엄청난 규모의 전리품을 챙기게 되었다.

골짜기마다 자리 잡고 있던 점산호들을 정리하며 상당한 양의 돈과 곡식을 얻었다.

특히 돈화 지역의 소득이 컸다.

마적단에 사람을 보낸 한족 마을들에 대한 치죄 절차를 진행하며 재산도 몰수하고, 새로운 농토도 얻었다.

게다가 사로잡은 마적은 탄광이나 도로 공사장에 배치되어 훌륭한 노동력으로 활용될 것이다. 또한 이 마을들의 주인은 한국인으로 바뀌게 될 것이다.

마을을 잃은 한족주민들은 연일 긴 행렬을 이루어 주정부가 새로 정한 국경 밖으로 나갔다. 살아 돌아온 마적이 전해 준 경험담을 듣자 이미 공포감에 사로잡힌 마을 주민들은 군말 없이 마을을 떠났다.

패잔병 마적을 이 잡듯 잡아내는 것을 본 것도 한몫 했고, 저들이 처음 경고한 것을 상기해 낸 것도 컸다. 마을을 떠나지 않으면 주민 전체를 아예 노예로 잡아가겠다고 하니 선택의 여지도 없었다.

이번 마적 소동에 휘말리지 않은 이민족 마을들은 조금 묘한 분위기에 휩싸였다.

이제 이들도 비로소 자기들이 간도 주민으로, 대한제국의 국민으로 편입되었다는 사실을 피부로 느끼게 된 것이다.

주정부는 이들에게 선택을 요구했다.

한국인이 되기 싫으면 떠나도 된다고…… 물론 떠날 리가 없다. 만주족에겐 이곳이 고향이었고, 이주해 온 한족은 살 길을 찾아 길을 나선 사람들이었기에.

그러고 보니 이들 입장에서 보면 좋은 점도 있었다. 치안 문제가 해결되어 생명의 위협을 받지 않으며 살 수 있게 되었다는 점과 이곳의 군인들은 청국군과 달리 민간인에게 횡포를 부리지 않는다는 것 등이다.

제5장

한성에 온 정재관

2차로 모집한 인재들과 젊은 관리 삼백여 명이 간도를 향해 출발했다.

그 길에 이들의 가족이나 한성양행 직원, 현상건과 이학균의 가족들까지 동행하다 보니 거의 천여 명 가까이 되었다.

그리고 얼마 전, 성한양행의 사장 김찬휘와 간도에서 교육을 받던 직원 몇이 돌아와 민우의 안가를 찾았다.

전국 주요 도시에 정보 거점을 마련하는 일이 시급한 과제로 떠오른 지금이다. 이는 앞으로 곧 시작될 13도 의군의 결성 건과 새로 확보한 간도의 영토에 주민을 이

주시키는 문제도 연관되어 있다.

"자금은 풍족히 마련해 드릴 테니 주요 도시에 지점을 설립하십시오. 빠르면 빠를수록 좋습니다. 지점을 등록할 때 믿을 만한 이를 내세워 다른 상호로 등록해야 합니다. 성한양행의 규모가 커지고, 수익도 많아지면 당장 왜놈의 이목을 끌게 되어 아무 일도 못하게 될 겁니다. 또 알짜배기 회사란 소문이 퍼지게 되면 어떻게든 집어삼키려 들 테니……."

김찬휘와 그의 직원들은 대번에 민우가 말한 뜻을 알아차렸다.

"그럼 지점의 일꾼들은 성한양행과의 관련성을 몰라야 하지 않겠습니까?"

"물론입니다."

"그럼 우리 회사 자체가 지역 정보 거점 역할을 하는 겁니까?"

"그렇습니다. 하지만 회사 직원들은 일반 상거래 일만 하시면 됩니다. 정보 거점은 정보국에서 별도로 운영하겠습니다. 그러니 각 지점에 반드시 안가 하나씩을 마련해야 합니다. 물론 외부적으로는 각 지점이 운영하는 형태가 될 겁니다."

"그럼 지역의 정보 책임자는 누가 합니까?"

"간도의 군관들이 한 명이나 두 명씩 배치되어 지휘하게 될 거고, 한성의 정보원 중에서 한두 명 뽑아 이들을 보좌하게 될 겁니다. 지역 정보부도 철저히 점 조직 형태로 운영할 겁니다."

"매우 중요한 일이군요."

"그렇습니다. 그 거점을 통해 13도 의군의 조직을 위한 활동도 이뤄질 겁니다. 또 지역 내 친일 매국노들의 동향도 파악해야 합니다. 아울러 간도에 대한 소문을 퍼트려 이주민을 모으는 일도 중요한 일 중 하나가 될 겁니다."

"아…… 그렇군요."

자리가 사람을 만든다고 했다.

일개 상인이었던 김찬휘는 간도의 문물과 여러 위인들을 접하며 웬만한 독립투사 못지않는 인물로 변해 가고 있었다.

원래 심지가 곧은 인물이라 그런지도 모른다. 그는 민우의 설명을 듣자 자신이 얼마나 중요한 일을 맡았는지 알게 되었다. 일종의 사명감까지 느꼈는지 눈을 살며시 감으며 자신이 할 일을 되새긴다.

잠시 후, 성한양행 사람들을 보낸 민우는 슬쩍 시계를
보았다. 그들이 올 때가 된 것이다.

제일 먼저 찾아온 이는 최병주였다. 백부가 찾아오자
자리를 피해 줬던 최란도 따라 들어왔다.

"오랜만입니다. 대감님."

"자주 찾아오지 못해 미안하구먼. 뭐, 어떤가? 장래에
어차피 한 가족 될 사이니 때가 되면 자주 볼 수 있지 않
겠나?"

"가족이요?"

"어허! 그걸 모른단 말인가? 자네는 내 조카 사……
윽!"

최란은 그의 백부가 무슨 말을 할지 짐작이 되자 그의
옆구리를 톡 친다.

"백부님!"

"어이쿠! 어쩜 네 손길이 날이 갈수록 매워지는구나."

"아! 그런 얘기 다신 안 하기로 했잖아요!"

최병주는 술사 출신이어서 그런지 사고가 유연한 편이
었다.

그러니 조카딸과 이런 장난도 칠 수 있는 것이다.

"뭔 소릴! 자꾸 못 박아 놔야 우리 차지가 되는 거다.

우당도 보재도 다들 고 국장 눈독 들이고 있는 거 모르냐? 그러니 빨리…… 윽!"

최란의 얼굴이 빨갛게 물들었다.

최병주의 비명에 슬그머니 손가락을 숨긴다.

두 사람의 행태를 지켜보던 민우는 배꼽을 잡고 웃는다.

"하하하! 대감님. 계속 그러시다간 옆구리 살이 남아나지 않겠는데요?"

"에잉! 과년한 조카딸이나 노총각이 된 자네나 아주 딱 어울리는데 왜 그리 눈치만 보는지. 원!"

"하하! 그런데 진위대 간부 명단은 가져오셨습니까?"

"가져왔네. 왜놈에게 매수된 몹쓸 놈들에겐 방점을 세 개 찍었지. 점의 수가 적을수록 조금 덜한 거고, 점이 없는 이는 능히 포섭할 만한 가치가 있는 인물들이라 보면 될 거네."

"중요한 정보네요."

"이 문서를 온전히 믿을 수는 없을 걸세. 여러 관리들을 통해 수소문한 결과니까. 현장에서 반드시 확인해야 하네. 생사람 잡을 수도 있으니까."

"그렇게 하겠습니다."

"그럼 가 보겠네. 내 일도 끝났고 하니……."

"잠깐 더 계시다 가십시오. 곧 손님이 올 겁니다."

"손님?"

최병주는 그 말을 듣자 슬그머니 몸을 바닥에 주저앉힌다. 사실 그도 더 머물고 싶었던 것이다.

정재관의 얼굴은 온통 붉게 상기되어 있었다.

천천히 간도를 둘러보며 실상을 파악해 가던 그는 군의 배려로 이른 바 '액목 전투'를 참관─사령부에서 녹화해 준 모니터 화면을 본─하게 되었다.

그 이후, 그는 수시로 그 전투장면을 머릿속에서 복기하며 깊은 상념에 빠지곤 했다.

처음 간도진위대 군인들을 보았을 때는 조금 다른 차림새와 조금 다른 형태의 무기를 가진 군대려니 했다. 하지만 막상 저들이 갖가지 무기를 동원해 전투하는 장면을 보고는 엄청난 충격을 받았던 것이다.

"저런 군대를 본 적이 있나? 아니, 이 세상에 간도군 말고 있기는 한 건가?"

미국 생활을 통해 서양문명의 화려함을 보며 늘 가슴이 답답했다.

'우리는 언제나 저렇게 될 수 있을까' 란 생각을 셀 수도 없이 했다.

간도 또한 아직 개발 초기 단계라 그의 눈을 충족시킬 정도는 아니었다.

그럼에도 길거리의 여러 기물과 연구소 등을 둘러보며 이들의 기술력에 감탄하긴 했다.

그러나 그의 뇌리 한 켠엔 간도가 지속 가능할까, 라는 의구심이 들어앉아 있었다. 결국 살아남아야 이곳이 대한제국의 희망이 되고 독립 거점이 되는 거 아니겠는가! 하지만 이 전투를 보고 그는 이 의구심마저 깨끗하게 씻어 냈다.

"그래도 지금은 한성에서 할 일이 많겠지? 간도야 튼튼하니까."

정재관은 주먹을 불끈 쥐었다.

"후후! 하하하!"

호위 차, 그를 마중 나왔던 특전대원들도 따라 웃었다. 헬기에서 내린 후 산을 내려오는 내내 저렇게 중얼중얼거리더니 큰 웃음을 터트린다.

누가 보면 정신이 나갔다 하겠지만 곁에서 그의 혼잣말을 듣던 대원들은 왜 저리 웃는지 짐작할 수 있었다.

"게다가 세상 어디에도 없는 저 날틀까지 만들 수 있을 정도면……."

"기분이 좋아 보입니다."

"아! 군관님."

그제야 자신이 실없이 웃고 있음을 깨달은 정재관은 정종한 팀장의 얼굴을 보며 쑥스럽게 웃었다.

"거의 2년만인가?"

정재관은 한성 거리를 걸으며 지난 일을 되새겨 보았다.

한성을 떠날 때만 해도 조국은 희망이 있었지만 그 이후 미국에서 들은 소식은 계속 그를 절망케 했다. 하지만 이제…….

"다 왔습니다. 들어갑시다."

문득 상념에서 깨어난 그는 정 중령을 따라 안으로 들어갔다.

민우는 밖에서 인기척이 들리자 벌컥 방문을 열고 대청으로 뛰어나왔다.

민우의 반응에 놀란 신채호와 최병주, 최란도 얼떨결에 따라 나선다.

"어라! 자, 자넨?"

"그간 강녕하셨습니까? 오랜만에 인사드립니다. 최 대감님."

"오! 반가우이. 고 국장이 말한 손님이 바로 자네였군. 그래, 언제 미국에서 돌아왔는가?"

최병주는 정재관을 바로 알아보았다.

그는 정재관의 시종무관 시절부터 서로 안면을 텄던 사이였다.

"얼마 되지 않았습니다. 위에서 명령을 받고 간도에 들렀다 왔습니다."

"그렇군. 그래……."

최병주는 간도란 단어를 듣자 이내 그가 왜 이 자리에 있는지 이해했다.

민우는 제일 먼저 뛰쳐나왔지만 아무 말도 못하고 그저 멍하니 정재관의 얼굴을 바라보기만 했다.

두 사람의 대화도 민우의 귀에 들어오지 않았다.

"고 국장?"

"헉! 죄송합니다."

민우는 방망이질하듯 뛰는 가슴을 겨우 진정시키고 그에게 꾸벅 인사를 했다.

"어, 어서 오십시오. 간도 주정부의 정보국 책임을 맡고 있는 고민우라 합니다."

정재관은 사진에서 보던 모습과 완전히 똑같았다.

이 시기에 찍은 사진이 남아 있으니 가능한 일이다.

민우는 정재관에 대한 기록을 읽고 난 후, 그를 자신의 롤 모델로 삼았더랬다.

그 때문에 이 시대의 어떤 이름난 위인들을 만날 때보다 이 순간이 더 각별하게 느껴진다.

"아! 고 국장님? 태진훈 주지사님으로부터 많은 얘길 들었습니다. 또 주지사님의 권유로 국장님을 만나러 한성에 오게 되었소."

"그럼, 이강 선생은 간도에 계십니까?"

"강이 형이 왔다는 것도 알고 계셨소? 놀랍구려. 하기야…… 하하! 강이 형은 주정부에서 관리로 등용되어 일을 하고 계시오."

"그러셨군요. 이런…… 손님을 너무 오래 세워 두었습니다. 안으로 드시지요."

방에 들어서 좌정을 하자 최병주가 먼저 운을 뗐다.

"이 친구가 바로 그 손님이었군."

"그렇습니다."

"그럼, 이번 13도 의군과 관련된 일을 맡길 셈인가? 그래서 날 붙잡아 둔 겐가?"

"그렇습니다."

"혹시 자네…… 이 젊은이가 어떤 신분을 갖고 있는지도 아나? 진정한 신분 말일세."

"그렇습니다."

"흠…… 그런데 자네 왜 이렇게 긴장하나? 그런 모습 오늘 처음 보네만."

"아…… 그렇게 보입니까?"

민우는 이내 자신의 실수를 깨달았다. 다시 정신을 차린 민우.

"자, 인사하십시오. 여긴 단재 신채호 선생이오. 황성신문의 논설위원으로 일하고 있습니다."

이 조그만 방에 신채호와 정재관이 자신과 더불어 대화를 나누고 있다.

그 사실을 새삼 깨닫자 민우는 속에서 울컥하고 뜨거운 것이 올라오는 듯했다. 이들이야말로 미래 대한제국의 동량이 될 젊은이들이다.

"그러고 보니 두 분이 동갑이네요."

생각해 보니 이 둘은 모두 1880년생 동갑내기였다.

스물여섯의 젊은 나이.

"오! 그렇습니까? 반갑소. 정재관이오."

"신채호라 하오."

장차 세상을 들었다 놓았다 할 인물들이 모인 자리다.

정재관과 고민우는 환상의 콤비가 되어 국내외 정보조직을 통합하며 세상의 흐름을 완전히 바꾸게 될 것이다.

신채호는 대한제국 최고의 지성이 되어 역사와 이념의 기틀을 세울 인물이다.

인사가 끝나자 이들은 본격적으로 대화를 나누기 시작했다.

화제는 단연 간도였다.

간도의 전투 장면을 목격한 정재관이 그 진행 과정을 소상히 전해 주었고 신채호와 최병주는 만세를 부르며 좋아했다.

정재관의 미국 생활도 화제가 되었고 시세에 대한 이야기도 오갔다.

"그럼 앞으로 우리가 동맹국으로 붙잡아야 할 국가는 독일이란 말입니까?"

"그렇지요. 독일의 국력이 만만치 않죠. 프랑스와 영국, 러시아 이 세 강대국이 긴장할 정도니까."

"그럼 러시아의 미래는 어찌 될 것 같소?"

"계속 혼란스런 상태가 지속되다 결국 큰 파국을 맞게 될 겁니다. 피의 일요일 사건 이후 혁명으로 용출할 힘이 계속 누적되고 있다고 할까? 그게 임계점에 이르면 결국 언젠가 터지겠죠."

"그렇다면 내치에 신경 쓰느라 외치에 눈길을 돌릴 여유가 없겠습니다?"

"그렇죠. 러시아만 그런 게 아니라 일본도 그렇습니다. 그래서 제가 누누이 얘기하는 겁니다. 이번 전쟁은 우리에게……."

"아! 어쩌면 행운일 수도 있다? 우리를 둘러싼 두 강대국이 피 터지도록 싸우다 힘을 소진한……."

"나도 그렇게 생각하오. 물론 간도의 힘이 존재하기에 그런 평가도 할 수 있는 것 아니겠소?"

"그러니 일본이 체력을 회복할 틈을 얻지 못하게 계속 괴롭혀야 합니다. 그사이에 우리는 힘을 비축해야죠."

첫 만남에서 이들은 서로의 됨됨이를 확인하고 서로 크게 기꺼워했다.

민우가 보여 준 국제정세에 대한 놀라운 통찰력과 기상천외한 계획에 정재관은 크게 감탄했다.

민우 또한 정재관의 대범하고 과단성 있는 성격에 금세 매료됐다.

그리고 이에 신채호의 총명함이 더해지니, 이들의 대화는 끝이 날 줄 몰랐다.

누가 먼저랄 것도 없었다.

이어진 술자리에서 이들은 서로 결의형제를 하게 된다. 신채호와 정재관은 친구가 되었고, 둘 다 민우를 형으로 호칭하기로 했다.

민우는 이게 꿈인지 생시인지 분간이 되지 않았다. 이 시대에서 자신이 최고로 존경하는 인물들과 이런 인간관계를 맺게 되다니.

민우의 말대로 밤늦게 어선을 빌려 타고 서해로 나온 헐버트는 약속된 지점에서 창룡호로 갈아탄 후, 상하이에 도착한다.

우경명과 볼터, 특전대원 넷이 그와 동행했다.

상하이 지리에 밝은 우경명은 거침없이 일행들을 안내했다. 이용익 역시 프랑스 조계에 터를 잡고 있을 터, 그가 있을 만한 곳은 몇 군데 되지 않는다.

역시나 이용익은 현상건이 묵던 호텔에 기거하고

있었다.

그도 대한제국 인사들에게 호의적인 태도를 보이고 있는 프랑스 관리를 찾았을 테고, 자연스레 이 숙소를 제공받았을 것이다.

게다가 이용익은 대한제국 황제의 오른팔로 명성을 떨치던 인사였으니 프랑스 관리들도 그를 허술하게 대하지는 못하였을 것이다.

"오우! 그렇습니까? 그럼 거기에다……."

"맞소! 지하실을 비밀리에 만들고 있소. 그곳이 바로 폐하의 비자금이 들어갈 금고가 될 것이오."

이용익은 한성에서 가져온 자금으로 프랑스 조계지 내에 큰 저택을 하나 구입했다.

엄청난 액수의 비자금을 숨길 장소가 필요했기 때문이다. 게다가 이 저택은 상하이의 비밀 아지트 역할도 담당하게 될 터였다.

"그럼 아직 인출을 시도하진 않으셨겠군요."

"그렇소."

자금 관련 이야기가 나오자 헐버트의 표정이 진지해진다.

"폐하께선 고민우 국장의 의견을 받아들이시고, 모든

외국계 은행의 예금을 인출하라 명령하셨습니다."

"허! 정말이오? 그 많은 자금을 다?"

"그렇습니다. 아청은행과 덕화은행뿐 아니라 다른 외국계 은행의 자금 모두 말입니다."

"흠…… 뭔가 이유가 있을 터?"

"고 국장이 이렇게 조언했답니다. 지금 인출하지 않으면 이토에게 뺏길 거라고……."

"이토? 그 이토 히로부미 후작 말이오?"

"그렇습니다. 고 국장은 곧 이토 히로부미가 한국 통감으로 발령받아 올 것이며 그의 임무는 대한제국의 외교권을 인수하는 거랍니다. 그리고 자금이 바닥난 일본의 재정 형편 때문에 먼저 폐하의 내탕금을 노릴 거랍니다. 이미 일본 측은 한국 관리를 매수해 이 비자금의 계좌 정보를 입수했을 가능성이 크다고 했습니다."

"이이! 죽일 놈들! 천하의 날강도 같은 놈들!"

다혈질의 이용익은 외교권과 관리 매수 이야기가 나오자 얼굴이 시뻘겋게 달아올랐다.

"폐하께선 그 말이 일리 있다 하시고 이번에 그리 명령하신 겁니다."

"끙! 일리 있는 정도가 아니라 아주 정확한 예측인 거 같소. 궁내부 말단 직원까지 매수한 놈들이니 분명 알고 있을 것이오. 그것도 그렇지만 만일의 경우도 대비해야 하니 이번에 반드시 예금을 찾아 놓는 게 옳은 조치인 거 같소."

"덕화은행 자금은 모두 간도로 보내라 하셨습니다. 그 자금은 간도의 재정으로 쓰이게 될 겁니다. 그리고 아청 은행과 다른 은행 자금은 모두 인출해 보관하되, 그 자금 의 일부도 간도로 보내 무기 구매에 쓰도록 하라고 하셨 습니다."

"무기?"

"이번에 전국적인 저항 조직을 만들고 계십니다. 13 도 의군이라고……."

"오호! 듣던 중 반가운 얘기로군!"

"그들에게 지급할 무기가 간도를 통해 보급될 겁니다. 지금도 간도에선 계속 무기를 사 모으고 있다고 합니다."

"허허허! 고마운 일이로고! 하늘이 도왔어요. 하늘이! 간도만 아니었다면 이미 이 내 가슴에 피 멍이 들었을 거 요. 앞으로 벌어질 일이 조금 걱정되긴 하오만 결국 간도 세력의 도움으로 끝내 자주독립을 이룰 수 있을 것이란 생각만 하면 자다가도 웃음이 나온다니까."

"하하! 저도 같은 생각입니다. 간도의 실체를 찍은 영화를 보고 제 눈을 의심할 정도였지요. 미국인인 내가 봐도 저들은 결코 미국에 뒤지지 않는 기술과 힘을 갖고 있는 거로 보였습니다."

이들의 대화는 밤늦도록 계속됐다.

예금 인출 계획에 대해 세밀하게 토론하느라 시간 가는 줄도 몰랐던 것이다.

이튿날. 일행은 짐을 꾸려 이용익이 사 놓은 저택으로 거처를 옮겼다.

동행한 특전대원들은 이미 전날부터 주변을 철통같이 감시해 일본의 첩자가 붙었는지 확인했다.

또한 이사하는 동안에도 경계의 눈길을 거두지 않았다. 이 비밀 아지트는 절대 발각되는 일이 없어야 하기 때문이다.

이에 특전대원을 인솔한 김민 대위는 몇 가지 행동 지침을 만들어 이용익에게 제시했다.

어떤 손님도 포구에서 바로 아지트로 이동해서는 안 된다.

감시의 손길이 미치는 다른 숙소로 이동한 다음, 적

밀정의 존재를 확인한 후 아지트로 들어와야 한다는 등의 내용이었다.

물론 이용익 또한 흔쾌히 동의했다. 그래서 볼터 또한 아지트로 가지 못하고 호텔에 남아 있게 했다.

아지트는 황포에서 그다지 멀지 않은 곳에 있었다.

또한 중국인들이 많이 거주하고 있어 신분을 숨기기에도 괜찮은 편이었다.

아청은행 비자금의 인출은 전과 같은 과정을 거쳐 이루어졌다. 조계 내 프랑스 관리의 도움을 받은 것이다. 덕화은행 건은 볼터의 도움이 크게 작용했다. 그 외의 은행은 인출 액수가 그리 크지 않아 별다른 어려움 없이 진행할 수 있었다.

인출된 자금 중 덕화은행 것과 무기 구매 대금으로 보내질 자금은 바로 창룡호에 실어 두고, 아지트에 보관될 자금은 특전대원들의 호위 아래 마차로 여러 번 왕복해 실어 날랐다. 이 또한 일본의 눈길을 피하기 위한 조치였다.

예금 인출 일이 마무리되자 헐버트는 다시 한성으로 돌아갔다.

볼터는 유럽에서 막 도착한 두 척의 화물선 및 조양호

와 창룡호, 이렇게 네 척의 배를 이끌고 블라디보스톡으로 떠났다.

아지트에 남은 이는 우경명과 네 명의 특전대원들이었다. 이로서 아지트, 즉 상하이에 만들어진 대한제국의 비밀 거점엔 이용익과 그의 손자 이종호, 남필우 등 총 여덟 명이 기거하며 지키게 되었다.

어느새 가을의 끝자락.

간도의 날씨는 벌써 쌀쌀해지기 시작했다.

마적들로 인해 촉발된 소란은 한 달 가까이 지나서야 모두 마무리되었다.

그 얘긴 제 2지역의 영토화 작전 또한 모두 끝났다는 걸 의미하기도 한다. 그리고 이 결실의 계절에서 얻은 다양한 수확과 성과를 정리하는 것도 큰일이었다.

이번 가을에 가장 큰 활약을 했던 진위대가 그랬다.

"최종적으로 우리 국경은 이렇게 정리됐습니다."

작전 참모 추영철 중령은 지도를 가리키며 새로 확정된 국경선에 대해 설명하기 시작했다.

북쪽 지역은 동청철도가 그대로 국경선이 되었다. 그리고 서쪽은 장광재령—송화강—화전—몽강—백산을 잇는 라인이 새로운 국경선으로 확정되었고, 남쪽은 한반도의 개마고원과 장백정간 이북 지역이 간도의 세력권 안쪽으로 편입되었다.

"허허허! 얼마 전까지 저 지도를 보기만 해도 골치가 아팠는데 이제 자꾸 보고 싶어지네?"

"또 한 고비를 넘겼다 생각하니 기분이 매우 홀가분합니다."

"작전이 마무리되었으니 일단 논공행상부터 해야 하지 않겠나?"

"그렇습니다, 사령관님. 처음 짰던 계획대로 이번에 대대적으로 승진을 단행해야 합니다. 전공에 따라 한 계급에서 두 계급을 올리면 앞으로 증가될 병력 자원을 고려해 볼 때 얼추 지휘관 숫자를 맞출 수 있을 겁니다. 그리고 그간 승진에서 누락되었던 특전대원들도 이번 기회에 상당수 승진시켰으면 합니다."

"당연히 그래야지. 그리고 이번에 가장 큰 전공을 세운 홍범도 장군은 무조건 두 계급이네. 알았나?"

"그럼 소령으로……."

"물론이네. 그리고 중대 병력 정도는 충분히 지휘하실 수 있을 테니, 일단 중대를 맡겨 보자고. 계급에 비해 보직이 낮은 문제가 있지만, 아직 영관급 중대장이 많이 남아 있지 않나? 병력이 부족해서 그런 거니까 당분간 이렇게 가자고!"

"네, 알겠습니다."

"남쪽 연대들 훈련은 언제 끝나나?"

장순택은 늘 남쪽 연대의 일을 상세하게 체크하고 있었다. 선견한국분견대 소속이었던 4, 5, 6연대의 훈련이 마무리되어야 간도진위대의 조직이 모두 완성되기 때문이다.

"아무래도 다음 달까지 가야 할 겁니다. 아직 훈련 받지 않은 인원이 삼분의 일 가량 남았습니다."

"그래? 그럼 바로 진위대의 개편 계획을 실행하는 게 낫지 않겠나? 아직 훈련을 받지 않은 삼분지 일은 그대로 원 소속 연대에 배치하는 걸로 하고. 괜히 시간 끌어 좋을 것 없으니."

"흠. 옳은 결정 같습니다. 바로 실행하겠습니다."

이들이 말하는 진위대 개편 계획은 모든 연대 병력을 골고루 섞어 다시 연대를 재구성하는 일을 말한다.

연대장은 그대로 두되 모든 지휘관과 참모, 병사들에 대해 계급이나 전투 경험치 등을 고려해 골고루 배치, 모든 연대가 고른 전력을 보유할 수 있도록 한 것이다.

이 일이 마무리되면 기존의 진위대와 선견한국분견대 조직의 완전한 통합을 이루게 된다.

"이 계획을 빨리 실행해야 연대별로 겨울을 날 진지도 구축하고 그간 밀린 훈련과 교육을 할 수 있지 않겠나? 또 재배치가 끝나는 대로 휴가를 주게. 돌아가면서 쉴 수 있게 말이야. 길이 멀고 험하니 조금 길게."

"알겠습니다. 아울러 부사관과 장교교육 계획도 짜서 올리겠습니다."

"그러게. 원안대로 육군무관학교 속성 과정은 각 연대별로 설치하고, 부사관 교육은 대대 단위로 진행하게. 일반 병들의 교육은 담당 장교들이 하게 하고."

병력의 재배치 안건이 마무리되자 병력 증원 계획이 다시 토론 주제로 올라왔다.

"아시는 바대로 우리가 목표한 그날까지 육군은 총 4개 사단으로, 해병대는 1개 여단으로 규모를 키울 계획입니다. 1개의 사단은 일만 정도가 되고, 4개 연대로 구성됩니다. 앞으로 더 이상 헤쳐 모이는 식으로 부대 구성을 하지 않고 각 연대에서 새끼를 치는 방식으로 사단을 구성할 생각입니다."

"병력 규모가 조금 부족하지 않겠나? 그게 계속 걸리네만."

"사실 이 부분에 대해 저도 고민해 보았습니다. 병력 자원의 문제도 고려해야 하고, 적의 규모도 감안해야 합니다. 하지만 이번에 치안대의 활약을 지켜보며 확신을 얻었습니다. 치안대가 간도의 치안과 적도의 기습을 능히 막아 낼 수 있으므로……."

"하하! 그건 그렇지. 이대로 가면 치안대만 해도 거의 1개 사단 규모가 될 테니, 간도의 방어 문제를 상당 부분 채워 줄 수 있겠지. 하지만 중요한 것은 우리 정규군의 규모가 너무 작다는 걸세. 병력 자원의 확보에 문제가 있다면 어쩔 수 없지만……."

"그 문제로 내부의 주민국 직원들과 상의해 보았는데 큰 어려움은 없을 것 같습니다. 앞으로 유입 인구가 급격하게 늘어날 거고, 이번에 서간도 지역의 반 정도를 확보했으니 여기서도 많이 지원할 겁니다. 또 수많은 연추 출신 주민들이 훈춘 지역에 정착한 상황이라……."

"흠, 그렇군. 그렇다면 더 늘릴 수도 있단 말인가?"

"그렇긴 합니다. 하지만 무기 수급 문제 때문에 조금 보수적으로 잡는 게 낫지 않겠습니까?"

"어차피 탄약 보급체계가 완비된다는 전제 하에 세운 계획 아닌가?"

"그렇습니다만…… 우리 K2 소총은 구형과 신형을 합쳐 2만 정. 여기에 구 북한군의 88식 보총 1만 정을 더하면 3만 정밖에 되지 않습니다. 그렇다면 일만 오천 여 병력은 이 시대의 독일제나 러시아제 무기로 무장해야 한다는 얘기가 됩니다. 이 상태에서 더 늘리면 화력의 문제가……."

"괜찮을 것 같은데? 탄약 생산 시설이 확충되면 바로 무기 개발에 들어가지 않겠나? 소총 정도면 오랜 시간 걸리지 않아 만들 수 있지 않을까? 그게 늦어진다 해도 박격포를 비롯한 다른 무기의 화력이 뛰어나니 충분히 가능할 거 같은데?"

"흠…… 알겠습니다. 전향적으로 검토해 보겠습니다."

장순택은 현재의 6개 연대가 모두 사단 규모로 증원되길 내심 원했다.

그래 봐야 10만도 되지 않는다.

러시아와 일본의 무지막지한 병력 규모가 늘 그의 마음 한 켠에 무거운 짐으로 자리 잡고 있었다.

제6장

간도 중앙은행

풍전등화의 위기에 휩싸인 대한제국.

이미 대부분의 국권을 일본인 고문이 쥐고 흔드는 나라. 이제 외교권까지 잃을 위기에 처한 나라. 이런 나라 형편으로 인한 피해는 민초들에게 더 가혹하게 돌아왔다.

지방관의 수탈은 더 극심해졌고, 여기에 더해 일본에서 이주한 일본인들과 포악한 일본 헌병대의 행패가 더해져 지역민의 고초는 더욱 가중되었다.

이미 수만 명의 일본인이 들어와 자리를 잡았다.

이들은 헌병대를 앞세워 일본인에게 유리한 법 조항을 들먹이며 땅 짚고 헤엄치는 식으로 재산을 불려 나갔다.

이런 여러 가지 요인으로 인해 각지에서 수많은 민초들이 자신의 터전을 잃고 유민이 되었다.

전국에서 가장 많은 유민이 발생하는 곳은 역시 함경도와 평안도였다.

러일전쟁의 와중에 가장 큰 피해를 당한 곳이고, 간도에 대한 소문이 파다하게 퍼진 탓이다. 한동안 간도를 시끄럽게 했던 마적들이 정리되고, 가을걷이를 모두 끝내자 주민들은 본격적으로 이주를 결심했다.

이 급격한 인구 유입 추세는 간도 주정부 인사들도 미처 예측 못한 일이었다.

자연발생적인 유민만 생각했지 간도에 대한 소문이 눈덩이처럼 커져 돌아다니는 상황을 예상하지 못한 탓이다.

또 그 여파가 이렇게 클 줄도 몰랐다.

이에 내부의 직원들은 유민을 맞이하고 정착 계획을 실행하느라 동분서주했다.

각지의 치안대와 정보국 요원들의 움직임도 분주해졌다. 유민 틈에 끼어 들어오는 적의 첩자를 가려내는 일이 시급했기 때문이다.

특히 함경도에서 들어오는 주민이 문제였다. 당시 인구 자료에 따르면 두만강 변 6진 지역—종성(鐘城), 온

성(穩城), 회령(會寧), 경원(慶源), 경흥(慶興), 부령(富寧)—의 인구만 해도 17만 명 정도라 했다.

이 인구 통계는 일본 측에서 낸 것인데, 일본인을 이 지역에 이주시킬 목적으로 조사했다고 한다.

그런데 이 지역 인구 삼분의 일 가량이 올 가을에 간도로 들어갔다.

게다가 일본의 군정이 실시되고 있는 함경도 동해안 지역 주민의 상당수도 간도행을 서두르고 있었다. 일본군과 친일파 지방 관료의 수탈이 도를 넘었기 때문이다.

그러다 보니 묘한 현상이 일어났다.

이들이 떠난 자리에 더 남쪽에서 올라온 유민들이 자리를 잡게 된 것이다.

화전민들이 버리고 간 산간 지역의 작은 터전에, 혹은 소작을 하다 떠난 소작민의 자리에 남쪽에서 올라온 황해도와 강원도 사람들이 정착한 것이다.

물론 이들도 실상을 알면 곧 간도로 북상을 하겠지만 빈 땅을 보니 욕심도 생기고, 부쩍 노동력이 준 지역 형편 덕분에 양질의 일자리가 생기자 일단 눌러앉게 된 것이다.

간도의 세력권에 편입된, 인구가 부쩍 준 함경도 두만

강 연안 지역의 형편 또한 훨씬 좋아졌다.

이미 간도와 동일한 생활권이 된데다 지방관의 수탈이 없다 보니 더 풍족한 생활을 누리게 되었다.

관찰사 이범윤이 간도와 동일한 행정체제로 개편한 후, 효과적으로 행정을 펼친 덕분이었다.

이런 대내외적인 상황이 가져온 분주함 속에서 간도는 또 다른 진전을 이루게 된다.

드디어 간도 중앙은행이 문을 연 것이다.

인쇄기가 돌아가기 시작하고, 주조소도 만들어지자 주정부는 그간 연구해 놓은 성과를 토대로 드디어 새로운 화폐 제도를 내어놓았다.

간도 고유의 화폐를 발행하는 간도 중앙은행을 주정부의 수도인 화룡에 설치하고, 국책은행 혹은 공공은행 성격의 은행도 별도로 설립했는데 이를 '제국은행(帝國銀行)'이라고 명명해 주요 도시에 지점을 두게 했다.

제국은행은 화폐를 각지에 보급함과 동시에 일반 은행의 업무, 즉 입출금과 대출 등의 업무를 수행하게 될 것이다.

간도가 택한 화폐제도는 대한제국과 마찬가지로 금본위제였다.

간도와 함경도의 풍부한 황금 자원을 개발하면 발행 화폐의 물량이 크게 부족하지 않을 터였다. 화폐 가치는 이 시대 대한제국의 화폐 가치와 조금 달리했다.

중앙은행장 성영길은 이가 드러나도록 활짝 웃으며 화폐제도에 대해 설명해 나갔다.

"에…… 간도 화폐정책의 토대로 삼은 것은 광무 5년, 1901년에 반포된 화폐 조례입니다. 황금 한 돈이 3.75그램인데 현재 대한제국 화폐의 금화 5원은 4.16그램입니다. 하지만 불순물과 구리가 꽤 포함되어 있어 우리가 보유하고 있는 금의 순도를 고려하면 얼추 비슷할 겁니다."

"흠. 결국 돈과 냥이란 단위에 맞춘 거군요."

"그렇습니다. 이 시대 황금의 무게를 재는 단위에 맞춰 화폐 가치를 설정했지요. 또한 쌀 한 가마의 가격도 고려했습니다. 통상 쌀 한 가마 가격이 5원이더군요. 결국 금 한 돈이 쌀 한 가마의 가치를 지닌다는 말이죠. 물론 한성의 시세가 그렇다는 거고…… 우린 조금 다를 겁니다."

"그럼 외국화폐와 교환 비율은 어떻게 됩니까?"

"미국의 1달러는 일본의 1엔, 한국의 1원이지만, 통상 그 두 배로 치니 2원이 됩니다. 하지만 우리 간도 화폐는 1원을 1달러로 책정했습니다. 앞으로 이 기준에 맞춰 러시아의 루블화나 독일의 마르크화, 영국의 파운드화도 가치 책정을 할 겁니다. 이는 일본 제일은행권 화폐나 우리 대한제국의 통용 화폐에도 당연히 적용됩니다."

일종의 자존심 같은 거였다.

대한제국의 화폐제도가 일본에 종속되다 보니 이런 결과가 나온 것이다.

이번 전쟁으로 인해 일본 엔화의 화폐가치가 크게 하락했는데 대한제국도 똑같이 앉아 피해를 당했다.

"그래서 이번에 발행한 지폐의 액면가는……."

화폐 단위는 크게 원, 전, 푼으로 나누기로 하고 1원은 100전, 1전은 10푼이 되도록 설정했다.

이는 대한제국의 화폐 단위와 똑같았다.

지폐는 20원, 10원, 5원, 1원, 50전, 10전 단위까지 6종을 발행했다.

그 밑의 단위는 5전, 1전, 5푼, 1푼 등으로 정해, 총 4종의 주화를 주조했다.

"여기까지는 우리 주의 통용화폐이고, 대외 무역 결제용으로 쓸 금화도 발행할 예정입니다. 1원 이상의 단위는 그 무게에 비례하는 액수를 매겨 금화를 주조할 겁니다."

"그러면 기존에 발행한 식권의 가치가 훨씬 더 높은 셈이 되네요."

"뭐, 식권 자체가 임시 화폐여서 큰 문제가 없을 겁니다. 주민들에게 의미 있는 건 이 돈을 황금으로 언제든 바꿀 수 있다는 것과 그 황금으로 물건을 살 때 이전과 가치가 동일해야 한다는 거죠."

식권의 경우 황금 한 돈을 1원으로 맞춰 발행한 상태였다.

"……그래서 주민과 군인의 급여를 새로운 화폐가치에 맞춰 지급하게 될 겁니다. 이에 따라 최저 급여는 10원이 될 겁니다. 물론 견습으로 일하고 있는 청소년들은 3원에서 5원 정도가 될 거고요."

"흠…… 너무 많이 주는 거 아니오?"

현상건이 먼저 이의를 제기했다.

임시 화폐 체제로 운영됐기 때문에 미처 간도의 화폐 단위를 몰랐던 그였다.

대한제국 정부의 임금보다 더 높다는 것은 알고 있지만 너무 정도가 심하다 생각한 모양이다.

"아국의 병졸 월급이 5원이오. 말씀하신 대로 쌀 한 가마에 해당되는 액수지요. 정교(상사) 월급은 7원 75전,

참교(하사)는 6원 75전이외다. 군수도 겨우 28원이고 관찰사도 40원 정도요. 그런데 병졸과 말단 직원의 월급이 10원이면 두 배나 되오. 게다가 한성의 화폐보다 화폐가치가 두 배 높게 책정되었다고 하니 실제로는 20원인 셈 아니오?"

"물론 그렇습니다. 하지만 제가 알기로 의병은 정규군보다 훨씬 더 많이 받고 있는 걸로 알고 있습니다. 그래야 자원해서 입대도 할 테니 우리도 많이 줘야 합니다."

"그건 그렇소. 그러나 간도는 식량 사정이 좋아 더 많은 식량을 구할 수 있을 거 아니오. 남쪽에 비해 쌀 생산량이 많지 않아 쌀값은 좀 그렇다 쳐도, 다른 곡식은 매우 풍족한 걸로 알고 있소만……."

"하하! 현상건 고문님의 말씀도 일리가 있지만 이렇게 주민들에게 돈을 많이 주는 것은 여러 정책적 이유가 있습니다. 먼저……."

성영길은 복잡한 경제 논리를 쉽게 풀어 설명하기 시작했다.

"첫째, 주민이 돈이 많아지면 더 많이 쓰게 됩니다. 그러면 돈을 버는 이들이 많아지니 세금도 더 많이 걷히게 되겠죠. 정부 입장에선 손해 볼 게 없습니다. 물론 조세

제도가 완비될 때까지 출혈이 좀 있겠지만, 큰 문제는 아닙니다."

"흠…… 그렇긴 하겠구려."

"같은 얘기긴 한데, 어쨌든 돈이 풍족하게 돌아야 더 빨리 산업이 일어나고 우리 주의 경제가 살아나게 됩니다. 그래서……."

"아! 그런 면도 있구려."

"두 번째는 더 많은 주민을 간도로 모아야 하기 때문입니다. 그뿐만이 아니죠. 군인도 더 모아야 하고……."

현상건은 이미 성영길의 논리에 압도된 모양인지 연신 고개를 끄덕인다.

"주정부의 직원, 곧 관리와 군인의 임금을 이렇게 정해 놓으면 주민들은 기를 쓰고 관리와 군인이 되려 할 겁니다. 이에 따라 교육열도 높아질 겁니다. 지금이야 정부에서 해 주는 교육만 받으면 누구나 관리가 될 수 있지만, 이런 정책이 언제까지 가겠습니까? 이 정책이 막을 내리고 학교에서 교육을 받은 인재들 중에 관리를 선발하는 정책으로 전환되면 당장 이런 현상이 벌어질 겁니다. 또 공직자의 급여가 높으면 관리의 비리도 그만큼 줄어들게 되지요. 거기다 다른 민간 부문의 급여도 더 올라

가게 될 겁니다. 간도의 노동력이 당분간 계속 부족할 테니 말도 안 되는 임금으로 사람을 부리는 일은 엄두도 못 낼 겁니다. 그만큼 사람 귀한 줄도 알게 되겠죠."

"참으로 신묘한 이치로군요."

"그리고 앞으로 돈 걱정은 하지 않아도 될 겁니다. 우리 산업이 어느 정도 궤도에 오르면 전 세계에서 돈을 쓸어 모을 테니까……."

"허허! 거 듣기만 해도 기분이 좋구려."

"이게 앞으로 간도자유주가 추진할 경제 정책입니다. 실제는 보다 더 섬세하고 복잡한 방식으로 추진될 겁니다만."

"그렇구려. 경세제민(經世濟民)이라…… 정말 이런 정책을 시행하면 백성을 구제하고 세상도 경영할 수 있겠소. 내 오늘 중요한 걸 배웠소이다."

경제란 용어가 경세제민이라는 말에서 온 걸 이미 들어 알고 있는 현상건은 감탄성을 토하며 고개를 끄덕거렸다.

새로운 화폐가 가장 먼저 보급된 곳은 당연히 화룡 지역이었다.

주정부는 지역민에게 공고문을 내어 기존의 식권과 금을 새 화폐로 바꿔 가라고 했다.

주민들은 새로 문을 연 제국은행 화룡 본점에서 화폐를 바꿔 갔다.

화룡 지역은 이미 지폐에 대한 개념이 통용되던 지역이어서 새 제도에 대한 부정적인 반응이 거의 없었다.

"고롬 오 원으로 쌀 두 가마르 살 수 있단 말임둥?"

"그렇습니다."

기존 화폐보다 가치가 두 배 높다 보니 간도에선 같은 5원으로 쌀을 두 가마 정도 살 수 있다.

"내 삯이 달마다 십 원이니, 쌀 네 가마…… 헉! 고로케나 마니 준담 말임메? 정말 고맙꼬마. 고맙꼬마."

직원으로 고용된 주민들은 이번에 화폐 제도가 시행되면서 자신의 월급이 크게 올랐다는 사실을 이제야 안 것이다.

그전엔 쌀 두 가마에 해당되는 월급을 받았는데 무려 두 배나 오른 것이다.

"자네 아이 군인이가 아임네? 고롬…… 우와! 아조 부자 되겠네."

"하하! 그렇습니까? 그럼 아드님 계급이 어떻게 됩니까?"

"상병이라 했나? 고 얘기까디 들었꼬마."

"그럼 곧 병장이 되겠네요. 이번에 모두 한 계급이나 두 계급 승진한다고 했으니 최소 병장 정도?"

"무시기 병장? 고롬 뭐이가 달라짐메?"

"병 중엔 제일 높은 계급이죠. 잘하면 이번에 하사로 진급했을 수도 있고…… 또 월급도 오릅니다. 병장이면 한 14원 정도 되겠네요. 하사면 15원 정도고요."

"우와! 고로케나 많이 받네? 부럽꼬마."

"허허허! 그게 명말임둥?"

군에 간 아들 월급이 아버지 보다 높으니 웃음이 나올 만했다.

이번 일로 주민들은 군인이 되거나 주정부에 고용돼서 일하는 게 얼마나 큰 이득이 되는지, 자신의 인생에 얼마나 큰 행운을 잡은 건지 확실히 깨닫게 되었다.

이렇게 새로 발행된 화폐의 대부분은 군인과 주정부 직원을 통해 풀려 나가기 시작했다. 기존에 발행됐던 식권 또한 새 화폐의 유통에 한몫 했다.

또 다른 유통 경로도 생겨났다. 추수가 끝나자 주정부에서 대대적으로 곡식을 사 모으기 시작한 것이다.

농사를 짓는 이들은 한 번도 경험해 보지 못한 풍성한

가을을 만끽하고 있었다.

지주의 수탈이 없고, 지팡이의 만행이 없어지다 보니 수확한 곡식 전체가 자기 차지가 된 것이다. 그러다 보니 오히려 식구들이 일 년간 소비하는 양 이외에 남는 곡식을 어떻게 처리할지 걱정하는 형편이 되었다.

이에 주정부는 앞으로 들어올 유민을 위한 비상식량을 확보하기 위해 잉여 곡물을 구입하기 시작했다.

"아니? 이번에 그 많은 곡식을 얻고도 또 사들입니까?"

주정부의 예산이 나가는 일이라 성영길은 조금 불만스런 반응을 보였다.

제 2지역에 대한 정리 작업 와중에, 또 마적들과 벌인 전투에서 얻은 전리품 등을 합쳐 엄청난 양의 곡식을 얻었는데 또 돈까지 들여가며 모으는 게 이해가 안 됐던 것이다.

"그뿐만이 아니에요. 잉여 식량을 주민들이 스스로 내다 팔아야 상업도 활성화되고 산업도 더 크게 일어날 거 아닙니까?"

"하하! 지금 유민들의 유입 규모가 빠른 속도로 커지고 있습니다. 그러니 미리 대비해야죠. 그리고…… 농민들이 내다 팔든 우리에게 돈으로 받든 재산이 늘어나는 것은 같으니 결과는 마찬가지 아닙니까?"

내부 부장 허정이 성영길을 살짝 나무란다.

"그, 그게…… 끙! 암튼 좀 아껴 씁시다. 그 비싼 무기도 마구 사 모으는 판에……."

성영길도 자신이 억지 논리를 내세웠다는 걸 모르지 않았다.

하지만 몇 년 뒤면 쓸모없어질 구식 무기를 마구잡이로 사들이는 게 못마땅해 엄한 추곡 수매 정책을 탓한 것이다.

"하하! 너무 걱정하지 마세요. 그 무기를 나중에 다른 곳에 팔면 되지 않겠습니까?"

"기회 비용이란 게 있잖아요? 그 몇 년간 돈이 묶이는 게 문제라는 거죠."

"어이쿠! 알겠습니다. 하하!"

"그럼 쌀값은 얼마로 책정해 사들이고 있습니까?"

다른 인사가 나서서 허정에게 질문하자 성영길이 대신 대답했다.

"가마당 2원 50전입니다."

"그럼 다른 곡물도 사 모으는 겁니까?"

"그렇습니다. 간도는 아직 쌀농사가 보급된 곳이 많지

않다 보니…… 잡곡이나 감자 등의 구황식물이 더 많이 생산되고 있습니다. 아마 이번에 우리가 구매할 것도 쌀보다 잡곡이 더 많을 겁니다."

"화룡은 괜찮겠지만 다른 지역은 돈을 거부하지 않을까요?"

많은 인사들이 이 부분을 걱정하고 있었다.

용정이나 연길 등은 아직 임시 화폐를 사용해 보지 않은 곳이다.

그러니 자신이 피땀 흘려 거둔 곡식을 종이 몇 장과 바꿀 수는 없다며 화폐를 거부하는 이도 분명 나올 것이다.

"그럼 사지 말아야죠. 화폐 정책이 뿌리를 내리려면 단호하게 나가야 합니다. 이번엔 세금을 걷지 않지만, 내년에 세금을 걷을 때, 무조건 새 화폐로 내라고 할 겁니다."

탁지부를 맡고 있는 성영길은 정색을 하며 말했다.

안 그래도 내년부터 시행할 조세 제도에 대해 밤을 새가며 연구하고 있는 입장이다 보니 그는 이 문제에 대해 무척 신경이 예민해져 있었다.

제7장

원주진위대

장날을 맞아서인지 수많은 인파들로 붐비는 원주 읍내. 두루마기 차림에 챙이 짧은 갓이며 패랭이, 삿갓 등을 쓴 주민들이 휘적휘적 한민족 특유의 활달한 걸음걸이로 거리를 돌아다닌다.

아무리 살림이 어려워도 장날은 장날.

상가 거리엔 호객꾼의 거친 물건 자랑하는 소리, 물건값 흥정하는 소리, 인파 사이를 뛰어다니며 노는 아이들 소리가 활기차게 흘러 다닌다.

"저기가 원주 감영 건물인가?"

"그렇소. 형님. 이곳이 바로 원주진위대의 주둔지요."

장터에 나타난 민우와 정재관.

원주엔 아직 단발한 이가 거의 없다 보니 둘은 짧은 머리를 가리려 삿갓을 쓴 차림새였다.

물론 당대 대한제국 백성의 단체복이라 할 수 있는 두루마기도 입었다.

조심스레 원주진위대 건물을 살펴보던 민우는 다시 시선을 상가 쪽으로 돌렸다.

무엇을 찾는지 잠시 두리번거리던 민우는 이내 목표물을 포착하고 그쪽으로 발걸음을 옮겼다.

민우가 들어간 건물은 전형적인 장터거리의 한옥집으로 '원주상회'란 한글 간판이 붙어 있었다.

둘이 입구로 들어가자 그들을 반기는 목소리가 금세 울려 퍼졌다.

"오! 어서 오시오! 고 국장."

"여어~ 잘 있었나? 꽤 오랜만에 보네?"

"아! 총대장님. 어라? 정환교 대령님도 계셨네요?"

"대령? 나 이제 더 이상 대령 아닌데~"

"네?"

"이번에 별 달았거든."

"와! 축하합니다. 그럼 정환교 준장님?"

정환교는 씨익 웃으며 고개를 끄덕거린다.

"뭐, 별 단 게 무슨 의미가 있겠어. 예전 같으면 뛸듯
이 좋아했겠지만……."

그의 밝은 웃음은 어느새 씁쓸한 미소로 바뀐다.

자신의 시대에 그대로 있었다면 가족과 지인들의 대대
적인 축하를 받으며 기뻐했으리라.

"그런데, 옆에 있는 분은 누군가?"

정환교의 물음에 민우는 눈을 찡긋 하며 정준장에게
신호를 보낸 후 정식으로 소개했다.

"정재관입니다. 제 의제가 됐지요."

"뭐어!"

놀라는 정환교를 민우가 손짓을 하여 진정시킨다.

"하하! 선배님이 놀라셨나 보네요. 저한테 동생이 생
겼다니까."

"허, 허허…… 그, 그렇지. 동생이 생겼다니까 아무래
도……."

말을 더듬으며 자신의 실수를 얼버무리는 정환교에게
정재관이 공손하게 인사를 한다.

"고민우 국장의 의제이자, 전에 폐하의 시종무관 일을
했던 정재관이라 합니다."

"험험! 반갑습니다. 전 간도진위대 특전대 소속이고, 이번에 13도 의군 특파대장으로 임명되어 나온 정환교 준장이라 하오."

정재관은 정환교의 계급에 놀란 표정을 지었다.

그때, 옆에 있던 김두성이 그들의 대화를 가로막았다.

"허허! 얼마나 반가웠으면 다들 이리 서서 인사를 할꼬? 자자! 일단 안으로 들어가 식사나 하며 얘기를 이어갑시다. 다들 시장할 테니."

네 사람은 늦은 점심을 먹으며 밀린 얘기를 나눈다.

정환교와 김두성이 원주에 온 이유는 원주의 지리적 중요성 때문이었다.

원주는 한반도 중부 지역의 요지이기 때문에 이렇게 직접 대원을 이끌고 온 것이다.

북청진위대는 러일전쟁의 와중에 이미 해산 단계에 들어간 상황이라 병영을 지키고 있던 일본군 헌병대를 몰살시킨 후, 무기들만 수습했다.

북청진위대에 소속되었던 병사들은 출신 지역으로 돌아갔거나 간도진위대 4연대에서 복무하고 있었다.

다른 지역에도 지역 책임자와 특전대원들을 보내 거사 준비에 들어갔다.

다른 곳 또한 원주처럼 성한양행이 마련해 준 정보국 거점이 중심이 되어 일을 진행할 예정이다.

"그간 어떻게 지내셨습니까?"

"어휴! 말도 말게. 평강의 13도 의군사령부에서 복무할 의군을 모집하러 우리 총대장님하고 주변 고을을 뒤지고 다녔지. 철원에서 평강을 거쳐 세포까지 말이야. 그런데 폐하의 별입시와 연결된 지역 유지들이 죄다 유학자들이더라고. 양반의 도리를 다해야 한다며 올곧게 행동하시는 분들이고, 나라를 위하는 마음은 한결 같은…… 분명 애국자들이시긴 한데…… 허! 참나!"

"허허허! 우리 특파대장이 고생 좀 하셨지요."

김두성은 그때 일을 생각하자 웃음부터 나오는 모양이다.

"하루 종일 잔소리를 듣다 보니 귀에 못이 박히는 줄 알았다니까? 나야 그래도 고위 군관이라며 대우해 주기는 했는데, 보급대로 따라온 이들에겐 천출이라 버르장머리가 없니 뭐니 해서 한바탕 뒤집어졌지. 그뿐이면 말을 안 하지. 우리 팀원들한테도 고위 무관들이 왜 격식을 차리지 않느냐, 걸음걸이나 말투는 왜 그리 천박하냐…… 어휴! 말도 말라고! 우리가 싸우러 왔는지, 예절

교육 받으러 왔는지 분간이 안 되더라니까?"

"하하하! 정~ 말 고생 많으셨겠네요."

둘의 얘기를 듣던 정재관과 김두성은 옆에서 쓴 웃음을 흘린다.

"그래서 폐하께서 꽉 막힌 사대부들을 중용하지 않으시는 것이오. 시대의 흐름에 이리 몽매해서야……."

정재관은 그들이 못마땅한 듯 얼굴을 잔뜩 찌푸린다.

"그래서 어떻게 됐습니까?"

"그분들 하자는 대로 했지. 그랬더니 먼저 사발통문 (沙鉢通文)을 작성하더니 서명을 하시더라고. 그게 조직을 만드는 첫 단계라고 하더라."

"다음 얘긴 내가 하리다. 폐하의 칙명대로 그들에게 지위를 부여해 드리고 이 지역 의군의 후원을 부탁했더니 흔쾌히 수락하더이다. 어쨌든 그들의 협력으로 의군을 조직할 수 있었소. 데리고 있는 머슴들을 설득해 우리 군영에 보내 주기도 하고 아는 이들을 소개시켜 주기도 하고…… 그밖에 포수회 사람들도 많이 얻었소. 역시 포수들이야말로 의군의 자질로 치면 최고 아니겠소?"

"하하! 결과적으로 잘되었네요."

"앞으로 걱정이야. 왜놈에게 포섭된 지역 유지들이야

처단하면 그만이지만, 저 평강의 양반들 같은 분들과 어떻게 맞춰 나갈지……."

"조금 갈등은 있겠지만 언젠가 사고방식도 바뀌게 될 겁니다. 그분들이 폐하의 신하란 의식을 간직하고 있는 한……."

이런 저런 대화를 나누다 보니 벌써 날이 어두워지기 시작했다.

다들 장을 파하고 돌아간 듯, 그 시끄럽던 시장의 소음도 한결 잦아들었다.

그리고 다섯 명의 사내가 주변을 조심스레 살피더니 민우 일행이 있는 안가로 다가갔다. 그중 한 명은 경계를 맡을 양인지 대문 문턱에 주저앉아 일꾼 행세를 하며 출입을 차단했고, 나머지 넷은 안으로 들어갔다.

경계를 담당한 이의 정체는 원주에서 포섭한 정보원이었다.

정보팀의 운영 원칙 상 그는 자신보다 상위의 인물을 직접 만나면 안 되기 때문이다.

"아! 고 국장님. 때 맞춰 잘 오셨소이다. 그간 강녕하셨습니까?"

"고생 많으시네요."

한성에서 민우가 원주의 정보원으로 뽑아 보낸 인물이었다.

"어라? 고 국장님이 언제 여기까지?"

"이동우 소령님? 아! 이 소령님이 원주를 맡으셨군요."

"하하! 저 친구도 이젠 중령이야."

"윽! 죄송합니다!"

오늘의 이 자리는 이 둘이 만든 작품이었다.

둘은 성한양행 원주 지점에서 제공한 이 안가를 거점으로 삼고, 믿을 만한 인물을 가려내 지역 정보원으로 뽑았다.

그 후, 그를 안내인 삼아 포섭 대상으로 지목된 인물에 대한 세간의 평을 원주진위대 주변을 돌아다니며 상세히 수집했다.

그리고 그 인물과 직접 접촉한 후, 여기로 데리고 온 것이다.

민우는 안면이 있는 지인들과 인사를 나눈 후, 시선을 나머지 두 명의 손님에게 돌렸다.

"저분들은……."

민우의 말이 끝나기도 전에 걸걸한 목소리로 손님들이

먼저 인사를 한다.

"오늘 내가 꼭 만나야 할 분들인 모양이구려. 반갑소. 난 원주진위대의 특무정교(원사) 민긍호라 하오. 이분은 김덕제 정위(대위)님이시오."

그는 진위대 출신의 이름난 의군장 민긍호(閔肯鎬, 1864~1908)였다.

1907년 일제가 대한제국군을 강제 해산시킬 때, 이에 반발하여 원주진위대 동료들과 더불어 봉기한 인물.

당시 강원도와 충청북도 일대를 휩쓸고 다니며 엄청난 전과를 올렸던 13도 의군장 중의 한 사람이었다.

하지만 1908년 원주 부근 박달치 전투에서 결국 전사하게 된다.

김덕제(金德濟) 정위 또한 실제 인물로 민긍호와 같이 원주진위대의 봉기를 이끈 장교였다.

이들은 원주에서 일본군의 반격을 격퇴한 후 부대를 두 개로 나누어 활동하게 된다.

김덕제는 약 600명의 의군을 이끌고 평창, 강릉, 양양 지역에서 활동했고, 민긍호는 약 1,000명 병력을 지휘해 충주, 제천, 죽산, 여주 등지에서 일본군과 무려 70여 차례의 전투를 벌였다.

민우는 인물 됨됨이를 세세히 살핀 후, 과연 민긍호란 생각을 하며 고개를 끄덕거린다. 민긍호의 인사에 김두성이 답할 차례였다.

"반갑소. 이번에 13도 의군 총대장으로 임명된 김두성이라 하오."

김두성은 민긍호 앞에 마패와 임명장을 꺼내 보였다.

"오오! 이런 영광이! 이 민긍호가 감히 인사를 올립니다. 총대장님."

"그리고 이건 폐하의 밀지요. 보기만 하시오. 이걸 그대에게 내줄 수 없소. 왜 그런지는 잘 아실 것이오. 이게 혹시나 왜놈의 끄나풀에게 들어가면 폐하께서 크게 곤란을 겪으실 테니⋯⋯."

"알겠습니다."

민긍호는 일어나 절을 한 후 밀지를 받았다.

민긍호는 밀지를 읽어 가다 끝내 고개를 떨구고 눈물을 흘리기 시작했다.

아! 짐의 죄악이 크고 충만하여 황천이 돌보지 않으시니, 이로 말미암아 강한 이웃이 틈을 엿보고 역적 같은 신하가 권세를 농락하여 종묘사직과 드넓은 아국 강토가 하루아침에 오랑캐의 땅이 되었도다. 생각하면 나의 실낱같은 목숨이야 아까울 것이 없으나, 종묘사직과 만백성을 생각하니 이것이 애통하도다. 김두성을 13도 의군의 총대장으로 삼아 각 진위대에게 명을 내리나니, 진위대 장교와 병졸들은 그의 말을 짐의 명령으로 알고 따르라. 양가(良家)의 재주 있는 자제들로 각각 의군을 일으키게 하며 소모장(召募將)—의군을 모집하는 일을 하는 장수—을 임명하되 인장과 병부(兵符)를 새겨서 쓰도록 하라. 만일 명을 따르지 않는 자가 있으면 관찰사와 수령들을 먼저 베고 파직하여 내쫓을 것이며, 오직 경기(京畿)진영의 군사는 나와 함께 사직에 순절할 것이로다.

*참고 — 의병장 이강년(李康秊)에게 보낸 황제의 실제 밀지를 일부 편집

"폐하……."

김덕제도 밀지를 읽더니 민긍호와 같은 반응을 보인다.

비록 계급은 김덕제가 높으나 민긍호는 오래도록 군문에서 잔뼈가 굵은 특무정교고 나이 차도 많이 나서 김덕제는 민긍호를 형님처럼 따르고 있던 터였다.

이들의 감정이 잦아들길 기다리던 김두성은 대대장에 대해 물었다.

"원주진위대장 홍유형(洪裕馨)은 어떻소?"

"그에게 절대로 이 밀지를 보여 줘선 안 됩니다."

"그렇소? 위에서 보내 준 비밀 문서에도 신뢰하지 말라 표시되어 있었소만……."

민우가 최병주에게 받은 자료는 김두성을 비롯해 지역 책임자에게 이미 전해진 상태였다.

그 자료에 홍유형 대대장은 방점 두 개가 찍혀 있었다. 모호하지만 의심된다는 뜻이다.

"왜놈들이 뒷배를 봐 주고 있다는 소문이 파다합니다. 그렇지 않더라도 품성도 문제가 있습니다. 군관답지 않게 겁이 많고, 제 처신만 신경 쓰는 자입니다."

실제로 홍유형은 민긍호 등에게 봉기하자는 제안을 받았지만 중간에 도주했다고 한다. 일제에 매수되었을 가능성이 큰 인물이다.

"그럼 그 외에 다른 군관들이나 병졸들은 어떻소?"

"아직 없을 겁니다. 중앙의 시위대에 비해 지방의 진위대는 그래도 믿을 만합니다."

"흠…… 그럼 대대장은 어떻게 처분하는 게 좋겠소?"

"아직 왜놈과 내통했는지 여부가 확실하지 않으니 감금한 다음, 추궁해야 하지 않을까요? 다른 장교도 마찬

가지입니다. 아직 그 속내를 확실히 알 수 없으니 검증이
끝날 때까지 믿으면 안 됩니다."

둘의 대화에 같이 자리하고 있던 한 젊은이가 불쑥 끼
어들자 민긍호가 의아해한다.

"그댄 누구시오?"

"인사가 늦었습니다. 간도자유주의 정보국장 고민우라
합니다."

"뭣이라! 간도라고!"

민긍호와 김덕제는 간도란 단어에 화들짝 놀란다.

"내가 먼저 얘기하려 했소만…… 이번 13도 의군의
결성은 간도진위대의 도움 아래 진행될 거요. 저들이
무기도 구해 주고, 훈련군관도 보내 주었소. 이분이 바
로 훈련군관들을 인솔해 온 특파대장 정환교 참장이시
오."

"아…… 간도진위대의 참장님?"

둘은 벌떡 일어나 정식으로 군례를 올린다.

다시 좌정한 민긍호의 눈이 반짝인다.

"안 그래도 간도 사정이 궁금했소. 소문은 무성한
데…… 정말 왜놈들과 싸워 이겼소?"

"하하! 물론입니다."

간도에 대한 이들의 궁금증을 해소하는 데 꽤 오랜 시간이 필요했다.

물론 이들에게 알려 준 것은 간도의 무력이 상당하다는 정도였다.

"정말 이 싸움 해볼 만하겠소. 무기와 총탄이 문제였는데 그게 풍족하게 공급된다니……."

"저도 같은 생각입니다. 특무정교님. 오늘 애길 들으니 힘이 나오."

김덕제도 활짝 웃으며 자신감 있는 태도를 보인다.

"자! 그러면 거사 날짜를 알려 주겠소. 전국 각지에서 이 자리와 같은 자리가 마련되었소. 그리고 비슷한 시기에 모두 거사를 하게 될 거요. 거사는……."

이들은 이번 작전에 대한 세부 계획을 수립한 후, 밤새도록 술을 마시며 서로 우의를 다졌다.

연해주의 블라디보스톡 시. 지금 이곳은 전쟁이 끝난 후 급격한 변화가 일어나고 있었다.

이 시대 러시아 극동 지방의 프리아모르스키 총독주(總督州)의 수도는 하바로프스크이다.

사할린 섬—일본에 할양되기 전의—과 치타, 캄차카주

와 아무르주, 그 남부의 연해주—미래에 주로 독립— 등
이 모두 프리아모르스키 총독의 관할 하에 있었다.

프리아모르스키 총독은 군권과 행정권을 모두 행사하
는 막강한 권력자였다.

프리아모르스키 총독주의 면적이 워낙 넓다 보니 몇
개의 행정구역으로 나눠 관리하고 있었는데, 미래시대의
연해주는 프리모르스카야 주로 불렸고, 주도는 블라디보
스톡이고, 총책임자로 군무지사가 임명되었다.

그런데 러일전쟁이 끝나자 전쟁 패배의 책임을 물어
고위관료들의 숙청이 일어나는 와중에 프리아모르스키
총독과 프리모르스카야 주의 군무지사가 모두 해임된 후,
새로운 인물들이 임명된 것이다.

신임 총독은 운테르베르게르, 프리모르스카야 주의 신
임 군무지사는 플루그였다.

최봉준과 몇 명의 구성원들은 연해주상사 사무실에서
심각한 표정으로 연해주의 정세에 대해 토론하고 있었다.

"그럼, 많은 변화가 있겠구려."

"그렇습니다. 운테르베르게르 신임 총독은 대한제국
주민의 유입을 차단하겠다는 정책을 표명했습니다. 그는
극동 지역에서 오랫동안 일해 그 속내를 잘 파악하고 있

죠. 그는 한국인이 결코 러시아 인으로 동화될 민족이 아니라는 확신을 가지고 있어요. 그래서 한국인에 대한 시민권 부여를 제한하겠다 말했답니다."

미하일로프 또한 굳은 얼굴로 최봉준의 물음에 답했다.

그는 이번 전쟁에 참전했던 고위 장교—실제 역사에서 그의 마지막 계급이 장군이었다고 하는데 그렇다는 얘긴 종전 후에도 몇 년간 더 군문에 있었다는 얘기가 된다—로서 전쟁이 끝나자 친분이 있는 한국인들의 권유로 퇴역해 변호사 일을 하고 있었다.

그가 변호사 자격을 갖고 있기에 가능한 일이었다.

그는 이범윤의 한인부대와 같이 전투를 한 경험도 있어 한인들에게 대단히 우호적이었다.

실제로 연해주 독립운동가들에 의해 대동공보사 사장으로 추대되어 이토 히로부미 처단을 위한 회의에도 참석했다.

또한 안중근 장군의 구명을 위해 자신의 변호사 신분을 이용, 적극적으로 도움을 준 인물이기도 했다.

어쨌든 그의 이러한 친한파적 성향 덕분에 최봉준에게 스카우트 되어 고액의 급료를 받으며 연해주상사의 일을 돕게 된 것이다.

"음. 그렇다면 프리모르스카야 주의 플루그 지사 입장이 꽤 난처해지겠소."

"며칠 전에 만나 보고 왔는데 그 일로 골머리를 앓고 있었습니다. 부임하자마자 우리가 엄청난 양의 상품을 사 모아 간도로 수차례 보내는 것을 보고 무척 좋아했던 그였습니다. 그뿐이겠습니까? 국경을 통과할 때, 거액의 관세까지 들어오니 우리 회사와 한국인 사회의 구성원들에게 큰 호감을 갖기 시작했는데…… 총독의 이런 강경한 방침이 내려오자 몹시 당황한 모양이더라고요. 안 그래도 전쟁 이후 우리 주의 재정 상태가 엉망이 되지 않았습니까? 남쪽 땅의 일부도 일본군에 빼앗겼고. 이 상황에서 간도에서 물건을 대량으로 사 모으니 가뭄에 단비를 만난 일 같았지요. 그런데 지금 그것도 금지시킬까 봐 몹시 노심초사하고 있습니다."

전쟁이 끝나 이제 재고품 취급을 받고 있는 무기와 총탄을 비롯, 각종 생활용품과 원료, 원자재에 기계까지, 블라디보스톡 등지에 있는 물품을 쓸어 가듯 사 가는 간도 덕분에 지역경제가 살아나고 있던 터라 신임 연해주 군무지사는 당연히 친한파적 성향을 보였다.

꼭 이런 이유가 아니라도 대다수 러시아 인들은 같이 싸워 준 한국인들에게 호의적인 태도를 보이고 있었다.

"그런데 왜 신임 총독은 우리 대한국인을 그리 대한답니까?"

"이제 대한제국이 곧 일본의 손아귀에 들어갈 테니, 러시아 영토에 있는 한국인들이 일본의 첩자로 돌변할 가능성이 높다는 말을 했답니다. 아무래도 그런 의구심이······."

한국인에 호의적이었던 역대 총독과 달리 운테르베르게르는 한국인에 대해 가장 적대적인 인물이었다.

이 때문에 한창 세를 키워 가던 연해주 독립운동 기지가 간도와 만주로 옮겨 가게 된다.

또한 수많은 독립운동가들을 이런 저런 죄목을 붙여 체포하기도 했다.

훗날 소련 스탈린의 그 악랄했던 고려인 탄압 조치도 운테르베르게르의 정책을 계승한 것이라는 설도 있다.

"허! 일본과 철천지원수 사이인 우리 대한국인이 일본의 첩자가 된다고? 오히려 러시아와 동맹 관계가 돼야

마땅한 일인데? 게다가 우리에게 간도가 있다는 사실을 모른단 말이오?"

"사실 러시아인들 대부분은 한국인과 일본인을 구별하지 못합니다. 그러니 저런 발상을 하는 거겠죠. 또, 총독뿐 아니라 다른 러시아 관료들은 간도가 곧 토벌될 거라 예상하고 있습니다. 이게 현실이지요. 반대로 간도의 힘이 강해지는 것도 못마땅해합니다. 자칫하면 극동지방을 잃을 수도 있다고. 흠! 물론 이런 얘기는 금기 시 되는 거라 대놓고 하지 못하지만…… 러시아 관료들은 극동지방의 러시아인 인구가 얼마 되지 않는다는 점을 늘 불안해하고 있습니다. 러시아 본토는 멀지만 한국은 바로 코앞 아닙니까?"

이 시기, 연해주 지역의 전체 인구는 40만 명 정도였다.

그중 한국인의 인구는 5만~10만 정도로 알려져 있다. 정확하게 통계를 내기 어려운 이유는 한인들이 러시아 당국에 신고도 하지 않은 채 이리저리 흩어져 농사를 짓고 있기 때문이다.

물론 연추 지역이 일본에 할양되는 바람에 현재 한국인의 숫자는 대폭 줄어들었지만…….

"일리 있는 얘기요. 솔직히 당신이 러시아 분이라 이런 얘기하기 좀 그렇지만 이 땅은 본시 대한제국의 영토였소. 그런데 이 땅의 소유권에 대해 청국과 협상을 했을 뿐, 당사자라 할 수 있는 당시의 조선과 아무런 협약을 맺지 않았으니 그게 좀 불안하다 느꼈을 거요."

과거 이 지역을 조사한 러시아 관료와 지도제작자들은 이 땅을 조선의 영토로 알고 있었다.

17세기 러시아 외교관 스빠파리, 시베리아 출신의 지도 제작자 레메조프, 18세기 초 끄리스니츠 등 여러 인물들은 아무르강(흑룡강) 이남 지역이 조선의 영토라는 기록을 남겼다.

그들은 한결같이 조선의 북쪽 국경을 요동 지역의 동쪽과 아무르강 이남이라 했다. 또 19세기 후반, 조선 상인이 네르친스크까지 와서 모피를 사 갔다는 기록도 발견됐다.

"뭐, 그래도 극동 지역에 큰 이익을 가져다주면 총독의 생각도 바뀌게 되지 않겠소?"

"물론 그럴 수도 있지요. 이 지역 사람이 잘산다 소문이 나면 더 많은 러시아 인들이 시베리아 횡단열차를 타고 건너 오지 않겠습니까? 총독도 그런 생각을 할 겁니다."

"어쨌든 우리는 플루그 지사와 돈독한 관계를 계속 유지해 나갑시다. 그의 힘을 빌려 일을 추진해야 하니까……."

둘의 대화는 밖에서 들려온 어느 직원의 다급한 고함 소리 때문에 멈춰야 했다.

"사장님! 사장님! 왔습니다. 왔다구요! 배가 왔습니다."

"뭐어?"

사무실 밖으로 뛰쳐나온 최봉준에게 그 직원은 상세한 설명 대신 자기 할 말만 했다.

"빨리 항구로……."

직원의 성화에 항구로 나온 최봉준은 시야에 펼쳐진 풍경을 보고 놀라 입을 떡 벌렸다. 무려 네 대의 화물선이 화물을 가득 실은 채 항구에 정박해 있었던 것이다. 그리고 저번에 봤던 낯익은 인물이 입가에 미소를 머금고 반갑다며 손을 들어 올린다.

"어…… 볼, 볼터 사장?"

"하하! 오랜만이군요."

"그런데 이게 다 뭡니까?"

"원래 두 척 분만 가져오려 했는데, 고민우 국장님이 잔뜩 추가해서 주문을 했지 뭡니까? 그리고……."

볼터는 이 말을 끝낸 후 손짓으로 최봉준을 부른 후 귓속말을 했다.

"어마어마한 액수의 황금도 실려 있다오."

"헉!"

"아마…… 병력이 필요할지도……."

"참나! 간도 사람들은 일 하나 제대로 벌이는 재주가 있소이다. 병력만이 아니라 당장 세관원 매수부터 해야 겠소. 황금을 보면 눈이 뒤집힐 테니."

"무기도 많은데…… 우리 독일제 무기……."

볼터는 약 올리듯 씨익 웃으며 또 귓속말을 한다.

"아이고! 이 사람들이! 사람 잡을 일 있나?"

최봉준은 고민할 새도 없다는 듯 바로 움직이기 시작 했다.

당장 미하일로프에게 뭐라 얘기하더니 근처에 기거하 고 있는 조일상과 이상운, 조병한을 불러들였다.

엉겁결에 불려온 세 명의 정보 요원들도 최봉준의 말 을 듣더니 얼굴이 사색이 되었다.

"어쩔 수 없소. 지금 접촉하고 있는 러시아 퇴역군인

들을 당장 일꾼으로 고용합시다. 어차피 간도로 들어가기로 결정했지 않소? 그러니 이 기회에 호위를 겸해 동청철도에 태워 간도로 보냅시다. 수고료를 풍족히 쳐 준다 말하고 당장 이리로 불러오시오. 급하니 최대한 서두르시오."

"세관원들이 본격적으로 화물 조사에 들어가기 전까지 서둘러야 할 겁니다, 핫하하!"

호떡집에 불 난 것처럼 혼비백산해 움직이는 사람들의 모습을 바라보며 볼터는 어린아이처럼 짓궂게 웃었다.

'고생 좀 해 봐' 라는 의미가 담긴 얄미운 웃음이었다.

사실 볼터는 민우의 조언대로 이미 러시아 관원들에게 수고비조로 큰돈을 쥐어 주고 왔다. 물론 별도의 조사 없이 화물을 통과시켜 주겠다는 약속도 받아 낸 상태였다. 어차피 자주 이용해야 할 항로이므로 민우의 조언이 아니라도 그렇게 했을 것이다.

입가에 미소를 머금은 볼터는 황급히 뛰어가던 최봉준을 불러 세웠다.

"자, 지금부터 이걸 쓰고 특파대원들의 전투 장면을 지켜보십시오."

정환교는 김두성과 민긍호, 김덕제 등에게 야간투시경을 건네주고 사용법을 알려 주었다. 영문을 몰라 하던 세 사람은 야간투시경을 쓰자 시야가 대낮같이 밝아지는 걸 느끼고 깜짝 놀란다.

"지금부터 작전을 시작합니다."

정환교 특파대장이 인솔해 온 특전대원은 두 개 팀이었다.

원주에 주둔하고 있는 일본군 헌병대 분견소 정도를 공격하는데 쓰기에 과한 전력이었다.

그래서 한 팀만 이곳의 공격에 나서고, 다른 한 팀은 군아(郡衙)와 우편취급소를 점령하기로 했다.

이 당시 의군들이 종종 관청과 우편취급소를 공격하곤 했는데, 그 이유는 이곳이 일본 세력의 소굴이기 때문이다.

이미 지방관의 상당수가 친일파 인사였다.

일진회 출신의 매국노도 상당수 지방행정기관의 수장으로 기용되기도 했다.

우편취급소 또한 통신과 관련된 주요 기관이기에 일본

의 마수가 뻗쳐 있는 곳이었다.

특전대원들은 빠르게 이동했다. 은폐와 이동을 번갈아 가며 스며들 듯 건물로 접근해 갔다. 이 장면을 지켜보던 김두성 등은 낮게 속삭였다.

"오! 무척 날랜 군관들이외다. 저리 빨리 움직이는데 어떻게 소리가 나지 않는지 모르겠소."

"그러게 말이오. 저 왜놈 보초병들도 아직 눈치를 못 챈 거 같소."

"자! 지금부터 중요하니 우리도 조용히 해야 합니다."

민우 곁에 있던 정재관 또한 간도진위대가 벌였던 전투를 머릿속에 떠올리며 이 장면을 묵묵히 지켜보고 있었다.

헌병대 건물로 접근한 특전대원들은 모두 사격 자세를 잡았다.

한 대원은 나무 위로 올라가 저격을 준비한다. 그는 나무 위에서 자리를 잡더니 적 보초병을 조준했다.

푸숙! 푸숙!

거의 동시에 보초병 둘은 이마에 총을 맞고 몸이 무너져 내린다.

그러자 대원들은 모두 자리에서 일어나 건물 입구로

접근한 후 문을 살짝 열더니 한 명씩 들어가기 시작했다.

그다음부턴 전투 장면을 볼 수가 없었다. 그저 적의 비명 소리와 총구에서 뿜어져 나오는 화염만 보일 뿐이었다.

잠시 후, 대원들이 건물에서 나오더니 앞서 해치운 보초들의 시체를 치우기 시작했다.

"오오! 벌써 끝났나 보오."

"그렇습니다. 관청과 우편취급소도 점령을 마쳤다고 합니다."

"수고했소이다. 다음은 우리 차례로군요."

민긍호는 내일 일이 기대되는지 밝게 웃었다.

날이 밝자 원주진위대 군 간부들이 하나둘 병영으로 들어가고, 병영을 지키던 병사들도 하루 일과를 준비한다.

겉으로 보기엔 여느 날과 다를 바 없는 하루.

하지만 묘한 움직임이 곧 포착되었다.

대대장 다음으로 계급이 높은 김덕제 정위는 병사들에게 병영 광장에 모두 모이라 지시했다. 민긍호는 포섭해 놓은 부하 몇 명을 대동해 무기고를 장악했다.

병영 정문은 김덕제의 명령에 따라 이미 굳게 닫혀 있었다.

이 상황을 멀찍이 떨어져 망원경으로 지켜보던 정환교는 다시 시선을 돌려 특전대원들의 위치를 확인해 보았다.

대원들은 병영 주변에 흩어져 완전히 몸을 숨긴 채 매복하고 있었다. 이들의 역할은 만일의 사태에 대비하는 것이다.

병사들이 다 모이자 김덕제는 병사 몇 명을 이끌고 대대장실로 들어갔다.

밖에서 무슨 일이 벌어지는지도 모른 채, 홍유형 참령은 아침잠이 부족했는지 의자에 앉아 졸고 있었다.

성큼 대대장실로 들어간 김덕제는 권총을 빼어 들더니 소리를 쳤다.

"왜놈의 주구 홍유형을 폐하의 명에 따라 체포한다."

"뭐, 뭐야!"

이 소리에 잠을 깬 홍유형은 화들짝 놀라 소리를 쳤지만, 이미 군사들이 그를 둘러싸더니 포박해 버렸다.

오랏줄에 묶인 홍유형을 앞세우고 김덕제가 다시 광장

으로 나오자 병사들은 웅성거리기 시작했다. 사전에 거사 사실을 알지 못했던 장교들이 먼저 나섰다.

"김 정위님. 이게 어찌 된 일입니까?"

김덕제는 대답을 하지 않은 채 다시 병사들에게 눈짓을 했다. 병사들은 다른 장교들마저 묶어 버렸다.

"조사가 끝날 때까지 장교들을 감금하라!"

단상에 오른 김덕제는 병사들을 향해 소리쳤다.

"폐하의 명이다! 오늘 이 자리에서 원주진위대는 해체되었다. 대신 우린 13도 의군의 원주지구대로 소속이 바뀌었다. 이에 우린 오늘부터 왜놈에게 장악 당한 원수부의 명령을 따르지 않을 것이다!"

김덕제는 품에서 명령서를 꺼내더니 큰소리로 읽기 시작했다.

"아! 짐의 죄악이 크고 충만하여 황천이 돌보지 않으시니……."

병사들은 수군거림을 멈추고 김덕제의 말에 집중하기 시작했다.

김덕제는 밀지를 다 읽자 밀지를 다시 말아서 묶은 후 치켜들었다.

"폐하의 밀지다. 이게 밀지란 것을 제군에게 알린다는

것, 이게 무엇을 의미하는지 아는가? 이제 제군들은 어느 누구에게도 오늘 있었던 일을 알리지 말아야 한다. 아울러 아무도 13도 의군 원주지구대를 벗어나지 못한다는 뜻도 된다."

병사들은 이 말에 크게 동요하기 시작했다.

이에 김덕제는 병사들에게 단상 가까이 모이라고 했다. 원주진위대의 총병력 수는 약 600여 명.

원주진위대에 속해 있는 여주와 춘천, 고성분견대 병사를 제외하고 이 자리엔 200여 명의 병사가 모여 있었다.

그들이 촘촘히 단상을 둘러싸자 큰소리를 내지 않고도 충분히 대화할 수 있게 되었다.

무기고를 지키던 민긍호도 어느새 단상에 올라가 김덕제와 나란히 섰다.

"질문 있는 자는 손을 들고 말해 보게."

아무래도 병사들과 더 친밀하게 지내고 있는 민긍호가 나서는 게 옳았다.

"저, 우리가 역적으로 몰리지 않겠습니까?"

"허허! 무슨 그런 말을! 저 대대장 같은 이가 역적이지. 걱정하지 말게나. 간도에서 계속 무기와 총탄을 공급해 주기로 했으니 앞으로 원 없이 싸울 수 있을 거네. 물론 간도에서 보내 주는 무기도 폐하께서 하사하시는 걸세. 그러니 우리는 역적이 아니라 충신일세."

"저 강력한 왜놈 부대를 이길 수 있겠습니까?"

"왜 못 이기겠나? 우리가 얼마나 훈련을 많이 했는가? 다 오늘 같은 날을 위해 훈련한 거 아니겠나? 그리고 올 겨울까진 별다른 전투 없이 산속에 군영을 만들고 간도 진위대의 군관들이 훈련을 시켜 줄 거네. 또한 전면전 대신 산악지대를 옮겨 다니며 저들을 괴롭히는 일만 하면 될 걸세."

"그럼 가족의 생계는 어찌 합니까?"

"허허허! 자네들에게 좋은 소식이 있는데 덕분에 이제야 말할 수 있게 되었군. 앞으로 월급이 두 배로 올라갈 거네."

"와! 두 배나요?"

"그렇지. 앞으로 폐하와 폐하의 충신들이 계속 군량과 군자금을 대 주시겠다고 했네. 그리고…… 가족의 안위가 걱정되는 이는 가족을 간도로 보내게. 간도에 대한 소문을 모두 들은 적이 있을 것이네. 여기에 온 간도의 군관들이 소문이 사실이라고 알려 주었네. 그들이 말하길,

간도에는 남는 땅이 많아 도착하는 대로 지금보다 훨씬 넓은 땅을 받게 될 거라 하네. 5년 정도 주정부에 소작료를 내는 조건이 붙어있네만…… 또한 가족 전부가 간도로 이주한 병사는 월급을 네 배로 준다고 했네. 이는 간도의 군사들이 받는 월급이라 들었네."

"헉! 네, 네 배라고요? 그럼 20원?"

이 병사가 말한 20원은 대한제국의 화폐 단위에 따른 것이다.

"그렇지. 솔직히 나도 이 얘길 듣고 깜짝 놀랐지. 가족이 간도로 이주하면 간도 사람이 되는 거기 때문에 간도인들과 똑같은 대우를 받게 되는 거라더라. 뭐, 몇 년이 걸릴지 모르지만 왜놈들을 모두 물리치면 그때는 군인의 급료가 통일되겠지. 하지만 지금은 독립적으로 움직이고 있는 터라 그리되었다 얘기하더군."

병사들은 크게 동요했다.

서로 수군대며 상의를 한다.

누구는 당장 가족을 간도로 보낸다 했고, 누구는 아쉽지만 그럴 수 없다는 이도 있다. 늙은 부모가 고향을 등지지 않을 거라는 얘기였다.

"가급적 간도로 가족을 보내기 바라네. 만일 우리가

왜놈 군대를 상대로 혁혁한 전공을 세우면 저놈들이 그냥 있겠는가? 가족을 볼모로 잡고 협박하면 어쩔 텐가?"

"아, 그럴 수도……."

"땅이 있는 집안은 땅 문서를 갖고 가게. 후일 왜놈들을 몰아내면 언제고 다시 찾을 수 있을 테니…… 그래도 의심스러우면 땅과 집을 모두 팔고 떠나라 하게. 가재도구도 마찬가지고, 한성에서 내려온 하사관이나 장교들도 마찬가지. 편지를 쓰면 가족에게 비밀리에 전달해 줄 테니 너무 걱정 말고."

토론은 거의 한 시간가량 계속되었다.

토론이 끝나 갈 때가 되자 김덕제는 밖에서 기다리던 김두성을 모셔 왔다.

김덕제는 김두성을 병사들에게 소개했다. 단상에 오르자 김두성은 바로 연설을 시작했다.

"제군들! 본관은 이번에 13도 의군 총대장으로 임명된 김두성이다. 오늘은 그대들이 모두 새로 태어난 날이다. 왜놈의 횡포를 바로 앞에서 목도하고도 애써 눈을 감고, 원수부의 명령에 따라 의롭게 일어난 의병을 마지못해 진압하러 다니던 그런 군대, 동족에게 총을 겨누라는 명령을 받는 군대가 아니란 말이다. 왜 이런 일이 일어났는 가? 조정이 왜놈에게 장악 당했기 때문이다. 이제 우린 그런 일을 하지 않아도 된다. 이제 대한제국의 군인답게! 백성과 우리의 강토를 지키는 군사, 외적을 무찌르는 군 사로 돌아간 것이다. 어찌! 기쁘지 아니한가! 훗날 우리 후손들은 그대들을 망해 가는 나라를 바로 세운 충신이 자, 공신으로 평가하고 세세토록 그대들의 위패를 나라 의 사당에 배향하고 제를 올릴 것이라. 어떤가? 뿌듯하 지 아니한가!"

"와아아아! 그렇습니다. 대장!"

병사들은 연설에 고무되어 힘찬 함성을 질렀다. 두려 움과 불안함에 빠져 있던 병사들의 사기가 대번에 올라 갔다.

"자! 무기고로 이동해 무기를 지급받으라. 어젯밤 왜 놈의 헌병분견소 병력은 간도진위대에서 파견 나온 군관 들이 모두 전멸시켰다. 이 소식이 알려지면 가까운 일본 군 충주수비대 놈들이 출동할 터, 일단 이놈들만 쳐부수 고 산으로 들어가자. 이놈들이 그대로 원주에 들어오면 백성들이 큰 고초를 겪게 될 테니. 그리고 김덕제 대대 장 대리는 병사 몇 명을 뽑아 여주와 춘천, 고성분견대에 보내게. 반드시 간도진위대 특파대원과 동행해야 하네."

김두성은 원주진위대 산하의 각 분견대 병력도 모두 흡수할 생각에 이런 명령을 내렸다. 또한 특파대원도 같이 보내 그 고을의 일본 헌병대 병력도 모두 정리하게 했다.

원주진위대 무기고에서는 소총 1,200여 정과 탄약 4만 발 가량이 보관되어 있었다.

그중 수입산 신식 소총도 300여 정이나 되었다.

일본 헌병대분견소의 무기고에서 나온 소총과 탄약도 모두 긁어모았다.

김두성은 충주수비대와 치를 전투에서 사용할 무기만 남겨 놓고 다른 여분의 무기는 치악산의 주둔지가 세워질 곳으로 옮기라 했다.

원주진위대가 봉기했다는 소식이 읍내에 전해지자 백성들은 만세를 불렀다.

그리고 몇몇이 몰려다니며 원주에 들어와 있는 일본인의 집과 사업장을 습격하기도 했다.

물론 일진회원과 친일 행각을 일삼던 군수 및 그에게

빌붙어 백성을 악독하게 착취하던 아전들은 가장 먼저 처형당했다.

진위대 병력이 개입해 겨우 진정시켰지만, 주민들의 열기는 아직 식지 않았다.

먼저 젊은이들이 군문을 두드렸다.

포수들도 무리를 지어 입대하겠다, 찾아왔다.

2년 후에 벌어질 상황이 그대로 전개되고 있었다.

김두성은 김덕제의 양해를 얻은 후, 총대장 직권으로 민긍호의 계급을 부령(중령)으로 올리고 원주지구대장으로 임명했다.

김덕제 또한 이번 봉기에 앞장 선 공을 인정해 참령(소령)으로 올린 후, 지구대의 부대장으로 삼았다.

또한 감옥에 갇힌 장교들을 심문했는데, 역시나 홍유형은 일본군과 내통한 혐의가 인정되어 즉결 처형 처분을 내렸다.

다른 장교들은 다행히 문제가 없었다. 수동적으로 명령에만 따르는 전형적인 군인이었을 뿐이다.

김두성은 이들을 13도 의군에 들어오라 설득했다. 한성의 가족을 안전하게 간도로 이주시키겠다는 약속도 했다. 김두성의 설득에 이들도 13도 의군에 합류하게 되었다.

"부대장, 입대하겠다고 자원한 이들을 이끌고 먼저 치
악산으로 올라가시오. 챙겨 둔 무기와 군량도 모두 가져
가시고, 가서 주둔지를 만들고 계시오. 나와 병사들은 충
주수비대 놈들을 물리친 후, 여주분견대 병사들이 합류
하면 같이 올라갈 테니……."

"그럼 춘천과 고성분견대 사람들은 어떻게 할 겁니
까?"

"총대장님께서 이르시길 춘천과 홍천에도 지구대를 창
설하겠답니다. 이들 두 분견대 병력은 이 두 곳에 나눠
배치될게요. 그리고 부대 결성이 끝나면 김 참령이 이 부
대 중 하나를 지휘할 거라 했소."

"흠. 그렇습니까? 알겠습니다, 그럼 되도록 빨리 오십
시오."

"그렇고 싶소만 병사의 가족들이 간도로 떠날 때까지
원주를 지켜야 하니 시간이 좀 필요할 거요."

"가족이라…… 이제 곧 추워질 텐데 주민들이 그 먼
길을 무사히 잘 갈 수 있을지……."

"너무 걱정 마시오. 평강과 원산 부근에 주둔지가 마
련되었다 하니 거기까지만 가면 간도진위대 병사들이 마

중 나와 있을 거랍니다."

"흠. 그렇다면야……."

"그리고 간도의 특파대원 두 명이 부대장과 같이 갈 거요. 그들이 교관 역할을 하며 부대를 조직하고 병사를 훈련시켜 준다 했으니 그들과 잘 상의해 부대를 이끌어 주시오."

대화가 끝나자 김덕제는 600여 명의 지원자를 데리고 치악산으로 떠났다.

이들은 정식 진위대원으로 등록된 이들이 아니므로 마을 사람들이 입단속만 잘해 주면 이들의 가족은 큰 해를 당하지 않을 것이다.

언젠가 이들의 가족 중에도 간도로 이주하는 이가 나올 것이다.

화를 면하고 충주수비대까지 도망쳐 온 일본인들에 의해 원주의 일이 알려지자, 충주수비대장은 한국주차군 사령부에 급전을 친 후, 출진 준비를 서둘렀다.

서두르기는 원주진위대 병력도 마찬가지였다.

민긍호는 병력을 이끌고 진위대 병영을 나와 사제면 (沙堤面, 후세의 문막읍)까지 진군했다.

김두성과 정환교는 횡성과 홍천, 춘천 등지에 흩어져 있는 분견대와 파견대 병력을 접수하러 원주진위대 간부 몇 명과 특파대원들을 이끌고 북상을 했고, 민우와 정재관은 한성으로 돌아갔다.

원주에 남은 간도의 특파대원들은 이미 곳곳에 흩어져 적정을 탐지하고 있었다.

"그래? 알았다. 그럼 서두르고……."

이번에 13도 의군 원주지구대에 소속된 간도군 특파대장 이정백 중령은 민긍호에게 무전으로 온 정보를 전달해 주었다.

"현재 여주분견대 병력 50여 명이 서쪽에서 접근 중이라 합니다. 그리고 일본군 충주수비대는 남쪽에서 올라오고 있는데, 여주분견대의 합류가 더 빠를 거 같습니다."

"허…… 그럼 다행이오."

"분견대 병력이 50여 명이라 했는데 이탈자는 없는 겁니까?"

"그 정도면 모두가 뜻을 모은 모양이외다. 잘된 일이오."

"그럼 모든 분견대마다 50명씩 배속된 겁니까?"

"꼭 그렇지는 않소."

지방 진위대의 하위 부대인 분견대는 관할 지역 중 규모가 큰 고을에 출주소대(出駐小隊)를 두고 주변의 작은 고을에 병사를 나눠 파견했다.

여주분견대 병력도 주변에 파견 보낸 병력을 모두 모은 후 병영을 나왔으리라.

진위대가 관할하는 지역은 말도 안 되게 넓었다.

예전에 연대 규모로 편성되었을 때는 그나마 좀 나았지만 일제가 대대 규모로 축소시키며 병력이 태부족하게 되었다.

"이 너른 지역에 병사를 흩어 놓았으니 다 모으려면 시간이 꽤 필요할 거외다. 북쪽의 횡성, 홍천, 춘천, 고성 병력은 따로 편제하기로 했으니 그나마 다행이지요. 예전에는 분견대 병력도 200명 가까이 되었소. 왜놈들이 다 줄여 놓은 바람에 고작 대대병력으로 일 개 도를 책임지게 된 거 아니겠소."

"참나! 이 쳐 죽일 놈들!"

"이번에 우리 의진에 자원입대한 이들 중에 왜놈에 의해 강제로 군문을 나온 동료들이 꽤 많이 보이더이다. 이제 지구대 진지가 만들어지면 각 고을을 다니며 이들부터 모아야 할 거요."

"그렇겠군요."

"그럼 바로 매복 예정지로 갑시다."

원주 주변 지리를 샅샅이 꿰고 있는 민긍호는 일본군을 기습할 장소를 이미 골라 놓은 모양이었다.

진위대 병력은 경정산(敬亭山, 후세에 긴경산으로 바뀜) 부근으로 이동했다.

"과연……."

이정백 팀장은 고개를 끄덕거린다.

그가 보기에도 적을 기습 공격하기에 좋은 지형이었다.

경정산은 그리 높은 산이 아니나 숲이 무성하고 길이 좁아지는 곳이다. 민긍호는 길 양편에 병력을 배치한 후 매복에 들어갔다.

잠시 후, 여주분견대 병력이 도착하자 민긍호는 그 병력에게 적의 도주로가 될 지점에 자리를 잡게 했다.

"민 대장님. 우리 특파대원이 몇 안 되지만 다들 뛰어난 저격수들입니다. 저희가 적 장교의 저격을 맡겠습니다. 일본군은 집단 전술에만 익숙한 놈들이라 지휘관이 죽으면 이내 지리멸렬하게 될 겁니다. 적 장교가 쓰러지는 것을 신호로 본격적인 전투를 하면 됩니다."

"알겠소. 그럼 한번 믿어 보겠소."

민긍호의 허락이 떨어지자 이정백은 팀원을 모두 불러 모은 후, 적당한 지점에 자리를 잡게 했다.

200여 명의 일본군 중대병력은 매우 다급하게 움직이고 있었다.

원주를 빨리 진압하지 않으면 그 이동과 이북의 다른 도시도 위험해지기 때문이다.

일본군은 매복에 대해 그리 걱정하지 않는 듯 별다른 경계 없이 속도를 올린다. 적이 이 먼 곳까지 나와 매복하리란 생각은 하지 못한 모양이다.

진군하는 적의 모습이 시야에 들어오자 원주진위대 병사들은 숲 속에 납작 엎드렸다.

적 장교들은 확연히 눈에 띄었다. 병사들과 복장 자체가 다르기 때문이다.

이정백은 헤드셋 무전기를 통해 특파대원들에게 목표를 일일이 지정해 주었다. 빠른 속도로 지시를 내리던 그의 낮은 목소리가 뚝 끊긴 지 몇 초 후, 그의 입에서 다시 나지막한 명령어가 흘러나왔다.

"사격 개시."

푸슉! 푸슉!

총구에 소음기를 달았기 때문에 가까이에 있는 이는 총소리를 들었지만, 멀리 떨어져 있는 이는 그저 일본군 장교가 말에서 떨어지거나 실족해 자빠지는 줄 알았을 것이다.

영문을 몰라 하는 민긍호에게 이정백이 낮게 말했다.

"지금입니다."

"아…… 알았소."

민긍호는 소리가 안 나는 총의 성능에 잠시 시선을 뺏긴 모양인지 조금 얼떨떨한 상태였다가 이내 정신을 차렸다.

"전 대원 사격!"

그의 명령이 떨어지기 무섭게 진위대원들은 사격을 시작했다.

탕! 타탕! 탕!

수십 명의 일본군이 비명을 지르며 쓰러졌다.

일본군의 온갖 고함 소리와 비명 소리가 이내 계곡을 가득 메웠다.

적 장교를 처리한 특파대원들은 다시 뭐라고 고래고래 소리를 지르는 하사관들을 목표로 삼았다.

하사관마저 쓰러지자 살아남은 일본군은 바로 꽁지가 빠져라 도망가기 시작했다.

"저럴 줄 알았지. 저렇게 도망가면 피해가 더 커진다는 것을 모르나?"

확실히 이정백의 말대로 아무런 반격 없이 몸을 돌려 도망가는 병사는 그저 표적에 불과했다.

진위대원들은 사격과 이동을 반복하며 일본군을 하나하나 척살해 갔다.

이 장면을 지켜보던 이정백과 특파대원들은 조금 놀란 모양이다.

"오오! 진위대원들 무시하면 안 되겠는데? 생각한 거 이상이야!"

"놀랍습니다. 우리 간도군의 신병들이 저 정도 되려면 한참 멀었습니다. 사격 실력도 그렇고, 일사 분란한 면도 그렇고……."

실제 역사에서 2년 후 대한제국 군대 해산을 계기로 봉기한 진위대원들은 일본군을 상대로 대단한 활약을 펼쳤다 한다. 이에 대한 기록도 남아 있다.

가평·원주·제천 등 여러 곳에서 의병이 봉기하였는데, 이는 모두가 해산 병정이다. 서양식 총을 갖고 있고, 오랫동안 조련을 받아 규율이 있어서 일본군과 교전하면 살상을 많이 한다. 세력 또한 강대하여 그 수가 거의 4~5천 명이나 된다고 한다.

—김윤식의 '속음청사(續陰晴史)' 중에서

그래도 살아남은 병사는 아직 80여 명이나 되었지만 이들은 여주분견대 병력이 매복한 곳에서 또 한 번 큰 피해를 당했다.

그 결과 겨우 30여 명의 병사만 무사히 전장에서 몸을 뺄 수 있었다.

"와아아아!"

병사들은 승리의 함성을 질렀다. 민긍호도 활짝 웃으며 이정백에게 말했다.

"허허허! 이게 우리 13도 의군 원주지구대의 첫 전투가 아니오? 그렇게 처치하고 싶던 왜놈의 군대를 이리 시원하게 무찌르고 나니 10년 묵은 체증이 내려가는 것 같소."

"하하! 병사들도 같은 감정을 느낀 듯합니다."

"그럴 거요. 승리의 기쁨을 맛본 병사들은 더 강해지고, 정신적으로도 더 무장될 거요. 이래야 했어요. 처음부터 저놈들과 싸워야 했어요."

민긍호는 이 말을 되뇌며 살며시 눈을 감았다.

아직도 감동의 여운이 가시지 않은 모양이다.

제8장

결성—13도 의군

러일전쟁의 종전과 마적의 침입으로 올 여름과 가을 내내 들끓었던 간도 주변의 정세는 이제 정중동(靜中動)의 형세로 바뀌었다.

전쟁 후유증을 치유하고 체력을 회복하는 기간인 동시에 다음 싸움을 준비하는 모양새를 보이고 있는 것이다.

일본군의 움직임이 그랬다.

연해주에 둥지를 튼 15사단은 순차적으로 들어오고 있는 보충 병력을 받아들이며 조직을 정비하고 있었다.

부상자와 만기 제대한 병사들을 돌려보내고 다수의 교대 병력과 신병을 받다 보니 외부로 눈을 돌릴 틈이 없었다.

13사단도 형편은 마찬가지였다.

게다가 이들은 사단사령부를 나남으로 옮기고 함경도의 긴 해안선을 따라 병력을 잘게 나눠 배치해야 하는 일도 해야 했다.

또 15사단은 포시에트의 항구 시설 확충 공사도 착수했고, 13사단은 나남 옆 청진에 군항을 건설하기 시작했다.

청진항은 항구의 입지 조건이 좋아 일제 측이 이전부터 관심을 갖고 있던 지역이었다.

이 때문에 청진항의 개항도 실제 역사—1908년 개항— 보다 더욱 빨라지게 되었다.

봉천 지역에서는 장차 만주 지역의 형세를 뒤흔들 싹들이 움트기 시작했다.

일본의 정보당국은 마적단의 두목들 중 장작림의 행보에 주목했다.

장작림(張作霖)은 전쟁기간 내내 러시아와 일본을 저울질하며 오락가락하는 행보를 보이고 있었다.

러시아가 유리할 때는 러시아 편에, 일본이 유리할 때는 일본 편에 서서 상당한 이익을 챙긴 상태였다.

어쨌든 그의 마지막 행보가 일본에 빌붙는 것이었기에 일본 정보당국은 그를 영입 1순위로 둘 수밖에 없었다.

일본 측은 그와 접촉해 회유한 후, 자금과 무기를 대주기 시작했다.

이렇게 일본의 움직임이 빨라진 것은 간도 때문이었다.

간도군 때문에 두 개 사단이 꼼짝도 못하고 묶여 있는 형국이라 이를 빠른 시일 내에 타개할 필요가 있기 때문이다.

장작림은 청국 관부의 후원도 받는 상태여서 여러 마적단 두목 중 가장 전도유망한 마적으로 떠오르고 있었다.

이는 간도란 공동의 적을 두고 있는 청나라와 일본의 속셈이 맞아 떨어진 결과이기도 했다.

그래서 장작림은 실제 역사보다 더 빠르게 세를 불리게 되었다.

하지만 이와 반대로 한반도의 형세는 기름 가마처럼 펄펄 끓고 있었다. 이 된불을 맞은 곳은 당연히 한국주차군사령부였다.

"뭐라! 원주와 평양에 이어 황주까지!"

하세가와는 지방 진위대의 봉기 소식이 들려올 때마다

불같이 화를 냈다.

"사령관 각하…… 청주에서도 방금 급보가……."

"이, 이!"

문제는 진위대의 봉기 소식에 같이 묻어 오는 헌병대와 일본군 수비대의 피해 소식이었다.

거기에 우편물 취급소도 습격당해 우편 시스템을 통해 오고 가던 일본 민간인들의 자금도 같이 털렸다는 보고도 양념처럼 따라 붙었다.

"진작에 진위대를 해산시켰어야 했어…… 군부고문! 어떻게 생각하시오?"

하세가와는 매서운 눈빛으로 군부고문 노즈 시즈타케를 노려보았다.

"참으십시오. 사령관님. 군부고문의 잘못이 아닙니다. 아직 법적인 절차 문제가……."

"절차? 절차라고?! 그놈의 절차 때문에 얼마나 많은 아군이 죽었는지 아시오? 그러는 경무고문은 책임이 없다 생각하시오? 한황을 따르는 불순분자들이 횡행하며 이런 난동을 획책했다는 걸 설마 모르는 것은 아니시겠지?"

하세가와는 이번 사건을 일으킨 장본인으로 한국 황제

를 바로 지목했다.

비록 보고 날짜는 제각기 달랐지만 검토 결과, 거의 같은 시기에 봉기가 이뤄진 것을 알아챈 것이다.

배후에 누군가 있어 이런 전국적인 규모의 움직임이 나타난 것이라 쉽게 추론할 수 있었고, 이 정도의 규모라면 당연히 한국 황제로 귀결될 수밖에 없었다.

괜히 나섰다 군부고문에 이어 자신까지 불호령을 듣게 된 경부고문 마루야마 시게토시는 자라처럼 목을 움츠렸다.

"당장! 불순분자로 지목된 인물을 모조리 잡아들여 취조하시오. 그래서 반드시 한황과 연관성을 밝혀내시오."

"고정하십시오, 사령관님. 한국의 외교권을 박탈하는 게 우선입니다. 너무 강하게 나가다 역풍을 맞을 수도 있습니다. 지방의 폭도들 진압은 강경하게 해야겠지만 황제와 관료에 대해서는 신중하게 접근해야 합니다. 아직 외국 외교관들이 지켜보고 있는 와중이라……."

"끙! 미칠 노릇이군."

"그보다 진위대가 폭도로 변했으니, 이를 빌미로 다른 진위대를 빨리 해산시켜야 합니다. 그들까지 가담하면 그땐 일이 더 커집니다."

"알겠소. 이 안건은 군부고문이 처리하시오. 황제를 협박해서라도 반드시 해산 안을 관철시켜야 하오! 아시겠소?"

"알겠습니다."

"그런데 하야시 공사는 언제 돌아오는 거요? 이런 비상시국에 한가하게 본국에 있을 때요?"

"곧 올 겁니다. 본국의 훈령을 받느라 조금 늦는 모양입니다."

"큰일이야, 큰일. 우리 군의 피해가 큰 것도 문제지만 이번에 반란을 일으킨 무리들이 정규군이란 게 더 문제요. 어린애 손모가지 비틀듯 처리했던 그 유약한 민간인 폭도가 아니라, 신식무기로 무장하고 질리도록 훈련 받은 군인들이란 말이오! 저들을 처리하자면 이제 1개 사단이 증원되는 정도로는 어림도 없을 거요. 소규모 전투가 아니라 피 터지는 전쟁을 치러야 할지도 모른다, 이 말이오!"

"헉! 그 정도까지……."

"그대들은 한국군의 실태를 모르니 한가하게 절차 애기나 하고 앉아 있었겠지. 아무튼 진위대의 추가 반란을 반드시 막아야 하오. 아시겠소?"

다른 이는 몰라도 군부고문은 사령관의 말에 전적으로 동의한다는 듯 다음 단계의 질문을 던진다.

"알겠습니다. 그럼 해산 조치 전이라도 헌병대와 수비대에 명을 내려 반란에 대비하라는 명령을 내려야 하지 않겠습니까?"

"그 건은 이미 처리했소."

하세가와는 신경질적으로 이 말을 내뱉은 후 두 손으로 얼굴을 감쌌다.

왠지 등줄기가 서늘하다.

지금까지 올라온 보고서를 봐도 저들의 무력이 심상치 않았다. 사실 군인 출신의 의병부대를 일본군은 무척이나 두려워했다고 한다.

어떤 의병장은 이를 노려 부대원의 한복을 검은색으로 물들이게 했다.

군 출신의 의병대로 위장해 일본군의 두려움을 자아내고자 했던 것이다.

"저들이 지속적으로 군자금과 탄약을 공급받는 사태가 벌어진다면 우린 이 나라를 쉽게 가지지 못하게 될 거요. 그러니 사력을 다해 황제 주변을 단속하시오. 저 폭도들이 지금은 기세등등하지만 탄약이 떨어지면 곧 시들게 될 터, 그러니 저들의 보급선을 차단하는 게 가장 좋은 대안이 될 수 있단 얘기지. 이 말 꼭 명심하시오."

넋두리 하듯 하세가와는 마지막 의견을 덧붙였다.

그의 말처럼 실제로 수많은 의군 부대가 탄약이 떨어지면서 쉽게 진압되어 갔다.

그래서 의군들은 일본군의 무기고 습격을 늘 1차 과제로 삼았다고 한다.

하지만 일본군은 이들의 봉기 초기에 속수무책으로 당했다. 그만큼 이들의 무력이 대단했던 것이다.

민우의 안가에 김현준 주사가 찾아왔다.

진위대의 2차 봉기를 상의하기 위해 온 것이다.

안가의 분위기는 예상과 다르게 무거웠다.

이번 봉기의 성공으로 고무되어야 정상이지만, 일본의 분노가 황제에게 향할 수 있기에 신중한 태도를 보일 필요가 있었다.

"그럼, 수원, 대구, 광주는 별입시들이 가서 밀지만 내리는 방식으로 한단 말입니까?"

"그렇습니다. 그러니 그곳엔 특파대 병력을 보내지 않으셔도 됩니다. 어차피 이번 사건으로 왜놈들은 진위대를 해산시킬 겁니다. 그러니 나머지 진위대의 병사들이 동시에 봉기하는 것이 아니라 각자 사직한 다음, 거점에서 다시 모이는 방식으로 거사하기로 했습니다."

"흠…… 아깝기는 하지만…… 할 수 없군요. 여기서 한 단계 더 나아가다가는 폐하께서 위험해질 수 있으니까."

"그렇습니다. 그래서 부탁이 있습니다."

민우는 말해 보라며 고개를 끄덕인다.

"이미 내려가 의군을 모으는 별입시들도 있지만 진위대에 밀지를 전해 줄 분들은 아직 길을 떠나지 않았소. 그래서…… 각 도시에 정보 거점도 마련할 겸, 정보원 인력과 호위를 붙여 주실 수 있겠소?"

"흠, 정보원이야 가능하지만 호위가 문제네요. 한성의 간도군관들은 유사시를 대비해야 하는데…… 폐하의 안위 문제 말입니다."

"아…… 그런 속내가 있어 간도에서 그렇게 많이 오신 거였소?"

"그렇습니다. 폐하께 말씀드리지 않았지만, 우린 그런 일이 일어날 수도 있다고 보고 대비하고 있었습니다."

"그럼 힘들겠군요."

"음…… 의제! 의제는 어떻게 생각하나?"

옆에서 진중한 표정으로 듣던 정재관은 생각을 멈추고 바로 답했다.

그는 이미 결론을 내린 모양이다.

"세 개의 진위대 본부와 그 관할 지역 내 분견대까지 사람을 보내려면 상당히 많은 사람이 필요할 겁니다. 당장 수원진위대만 해도 강화와 개성까지 관할하고 있으니⋯⋯."

"그렇겠지."

"그럼 특전대원 몇 분만 차출해 중요 인물에 대한 경호만 담당해 주시면 나머지는 제가 어떻게든 해 보겠습니다."

"호오! 그래? 시간이 부족한데 할 수 있겠어?"

"정보원의 수가 많이 부족합니다. 이번 기회에 무력도 있고, 믿을 만한 정보원을 제 인맥으로 수소문해 보겠습니다. 진작에 했어야 할 일인데 그간 자금이 부족해 시도해 보지도 못했습니다. 무기도 구해 주시고."

"하하! 그럼 부탁하지. 자금은 얼마든지 대줄 테니까. 무기도 그렇고⋯⋯."

민우는 정재관의 말을 듣자 앓는 이가 빠지는 기분이었다.

지방의 정보조직망을 완성하는 게 몹시도 시급한 과제였다.

어쨌든 이번 봉기와 관련된 도시는 정보망을 구축할 수 있었지만 다른 지역은 아직 엄두도 못 내고 있었다.

한가지 과제가 해결되자 민현준은 재차 다음 안건을 꺼냈다.

"그리고…… 폐하께서 시위대에 대한 계획은 세워 놓았는지 궁금하시다 하셨습니다."

"시위대? 시위대는 절대 안되오."

시위대 얘기가 나오자 정재관이 정색하고 나섰다.

"시위대는 폐하께서 칙서에서 언급하신 대로 당분간 움직이면 안 됩니다. 비록 시위대의 윗줄이 왜놈들에게 장악 당했다 하나 대다수 장병들은 폐하께 충성하고 있소. 저들이 있기에 왜놈들이 몸을 사리고 있는 건데, 시위대마저 해산되면 그땐 정말로 폐하의 안위를 걱정해야 할 거요. 또한 시위대가 있어 한국주차군 사령부의 병력이 쉬이 움직이지 못하오. 시위대가 없다면 저들은 사령부의 군사를 보내 각지의 진위대 병력을 토벌하러 다닐 거요. 그러는 날엔 아국이 왜놈에게 금세 먹히게 될 겁니다."

"하하! 맞는 말이야. 이번에 진위대의 봉기를 지켜본
놈들은 시위대의 움직임에 촉각을 곤두세우겠지. 그만큼
지방은 안전해진다는 말이고…… 물론 의제가 추측한 일
로 폐하께서 하문하시지는 않았을 거야."

김현준도 민우의 말을 듣더니 웃으며 고개를 끄덕거린
다.

"물론이외다, 허허!"

"그러면 제가 시위대 장교 중 기맥이 통하는 인물들을
포섭해 놓겠소. 후일 때가 오면 쓸 수 있게 말이오."

"좋아. 말만 들어도 좋군."

말이 잘 통하는 정재관의 존재가 기꺼운 듯, 민우는
한껏 미소를 머금었다.

"그리고…… 김 주사님."

"말씀하십시오."

"폐하께 말씀드려 주십시오. 시위대가 해산되는 날은,
바로 '그날' 일 거라고……."

"그…… 날?"

"폐하께선 그 뜻을 아실 겁니다. 또 이 말을 듣고 싶
으셨을 겁니다."

"음! 그래요? 알겠습니다."

김현준은 의아해하지만 민우와 많은 의견을 나눈 정재
관은 이미 그 뜻을 알겠다는 듯 고개를 끄덕거린다.

경운궁 중명전.

황제의 호탕한 웃음소리가 밤공기를 울린다. 오랜만에
들어 보는 시원한 웃음소리.

"허허허! 그래? 시위대가 해산되는 날은 그날이 될 거
라고?"

"그렇사옵니다, 폐하."

"언제 들어도 그 친구 얘기는 재미있어. 허허허!"

황제는 이번 진위대의 봉기가 성공하자 기쁜 마음에
술상까지 내오게 했다.

그는 여러 경로를 통해 들어온 진위대 봉기에 대한 정
보를 확인한 후, 울화가 조금이나마 풀어지는 것 같다며
좋아했다.

"그래, 일본군의 피해가 만만치 않다고?"

"진위대와 분견대 주둔지의 헌병대는 전멸을 면치 못
했고, 이들을 진압하러 나선 주변의 일본군 수비대들도
대부분 반수 가까운 사상자가 나왔다 했습니다. 특히 원
주를 치러 왔던 충주수비대는 거의 전멸했다 합니다."

"허허허! 장한 일이로다. 이 일로 왜놈들도 아국 군사의 힘을 경시하지 못할 것이다."

"하지만…… 걱정이옵니다. 독이 오른 저자들이 무슨 일을 벌일지……."

최병주와 김현준은 단 아래에 앉아 독상 하나씩 받고서 황송하게도 황제와 대작을 하고 있었다.

하지만 환하게 웃는 황제와 달리 둘은 웃을 수가 없었다.

"허허! 짐이 죽을 고비 넘긴 게 어디 한두 번인가? 걱정 말게나. 저들이 독을 품을수록 우리 일이 잘되고 있단 얘기가 되니, 짐은 더 기쁘다네. 저들이 들볶을 때마다 난 모르는 일이오~ 하면 되고…… 또 네놈들이 실권을 다 빼앗아 갔는데 힘없는 짐이 무슨 일을 벌인단 말인가, 하면 되고~ 허허허!"

황제는 말에 장단까지 넣어가며 장난스레 얘기한다.

"그래도 조심하소서. 워낙 흉포한 놈들이옵니다."

"짐이 위험에 처하면 간도의 일당백 군관들이 언제고 출동한다 했으니 너무 걱정하지 말게나. 그보다 짐의 시종무관이자 제국익문사 요원인 정재관은 고 국장과 아주 단짝이 되었다지? 송선춘에 이어?"

"그렇사옵니다, 폐하."

"후후! 인재를 보는 눈은 다 비슷한가 보구먼. 짐도 눈여겨봤는데 고 국장도 그랬다니."

"신의 눈에도 참으로 명민한 인재로 보였나이다."

"그렇다면…… 그 친구에게 제국익문사의 힘을 실어 줘 봐야겠군. 어차피 간도의 정보국 책임자와 붙어 있는 마당이니 둘이 합심하면 왜놈의 첩자들과 맞서 잘 싸울 수 있지 않겠나? 또 그 똑똑한 고 국장에게 많이 배우기도 할 거고?"

"신도 그리 생각하나이다, 폐하."

"알겠네. 내 제국익문사 독리에게 일러 국내요원을 통할하는 직위를 내리도록 하겠네. 그 직위를 제국익문사 13도 도총재라 칭하고 송선춘은 그를 보좌하는 부총재로 임명하겠네."

황제는 또 한발 움직이려 한다.

황제는 민우를 만난 이후부터 자신이 왜놈들보다 한발 빨리 움직이고 있다는 사실을 은연중에 느끼고 있었다.

늘 한발 늦어 뒤통수를 맞곤 했는데 이젠 우리가 뒤통수를 치고 있는 것이다.

그중 의군의 봉기를 서두른 것은 실로 의미 있는 조치였다.

군자금도 이미 인출해 놓았고 물밑 조직도 완성해 놓았다. 이제 저 간악한 왜놈들이 자신의 주변을 단단히 단속한다 한들 아무런 성과를 거두지 못할 것이다.

그리고 제국익문사에 힘을 실어 주는 것도 분명 의미 있는 결과를 낳으리라 확신했다.

"날씨가 제법 쌀쌀해졌소이다."

이회영은 옷깃을 추스르며 묵묵히 길만 걷고 있는 일행에게 말을 건다.

"그렇군요."

"여긴 처음이시오?"

"흠…… 그렇습니다."

한성에서 여기까지 오는 내내 이랬다. 말을 걸면 돌아오는 단답식의 답변.

"연 소령. 혹시 어디 불편하신 데라도 있는 게요?"

"아, 아닙니다. 제가 워낙 말주변이 없다 보니…… 죄송합니다."

"허허! 천상 군인이로고."

경정민 팀의 대원인 연준희 소령은 이회영이란 큰 인물과 오랜 시간 동행하는 임무를 맡다 보니 신경이 곤두서 있었다.

천하에 둘도 없는 귀한 인물을 혼자서 철통같이 호위해야 하기 때문이다.

그러니 그와 말을 장황하게 섞으며 신경을 분산시킬 수 없었다. 이 때문에 오해를 사게 된 것이다.

이 익숙하면서도 어색한 장면을 계속 목도해 온 다른 또 한 명의 동행은 이들의 대화가 재미있다는 듯 살짝 미소를 머금었다.

그는 정재관이 강화도 정보원으로 낙점한 인물이었다.

"이제 거의 다 왔소."

이들 셋은 몇 시간 전 쪽배를 타고 염해를 건넌 후 다시 한참 동안 걸어 이제 강화읍성에 도달했다.

이회영은 그가 만날 인물이 어디 있는지 알고 있는 모양이다.

성내를 휘적휘적 걷던 그는 어느 기와집으로 성큼 다가섰다. 집주인의 성품을 드러내듯 그의 집 대문은 활짝 열려 있었다.

마당으로 들어선 이회영은 주인을 찾았다.

"험! 계시오!"

"뉘시오?"

방문 안에서 저음의 걸걸한 목소리가 들려온다.

"지나가던 과객인데 13도에 천지에 명성이 자자한 이 참령을 한번 뵙고자 들렀소."

"객쩍은 소리 그만하시고 나가 주시오. 이 몸이 그리 한가하지 못하오. 그리고 군문을 나선 지 벌써 몇 달 되었소이다. 그러니 이제 참령도 아니외다."

집주인은 문도 열지 않고 나가 달라 한다. 강화도의 큰 세도가라 그런지 파리떼가 많이 꼬이는 모양이다.

"허허! 참으로 인심 사납소이다. 사자를 이리 내치시다니……."

"사자…… 사자라고?"

덜컥!

문이 열렸다.

그러자 기골이 장대하고 콧수염을 멋지게 기른 30대 중반의 인물이 문고리를 잡고 앉아 있는 모습이 눈에 들어왔다.

"사자라 했소?"

"쉿! 누가 듣겠소."

이회영의 조심스런 태도에 찔끔한 그는 몸을 일으켜 문밖으로 나왔다.

"그게 무슨 말이오?"

"폐하의……."

"헉! 어, 어서 방으로 드시오."

집주인은 이동휘(李東輝, 1873년 6월 20일~1935년 1월 31일)였다.

육군무관학교 출신의 장교로 황제 주변 인물 중 가장 청렴강직하고 충성스러운 무관으로 인정받은 이였다.

한때 6개월간 삼남지역의 검사관(三南檢查官)으로 임명돼 순회감사를 벌여 14명의 부패한 지방관을 파직시키고, 부정한 돈을 환수하는 등의 공을 세워 큰 명성을 얻었다.

또한 한성의 목구멍이라 할 수 있는 강화도에 부임해 강화진위대장을 역임하기도 했다.

하지만 러일전쟁으로 대한제국군의 지휘체계가 혼란스러워지자 지난 3월 군직을 던지고 강화도에서 교육 운동을 벌이던 참이었다.

이동휘는 황제의 밀지와 13도 의군 결성에 대한 얘기를 듣자 무릎을 치며 좋아했다.

"속이 다 시원하외다. 드디어 왜놈들과 승부를 결하게 되었구려. 허허! 정말 간절히 원했던 일이었소."

"하여 강화분견대 대원에게 폐하의 뜻을 전해 주셨으

면 하오."

"겨우 50명밖에 안 되는데 큰 도움이 되겠소? 참으로 아깝소! 예전에 이 몸이 강화진위대장일 때는 700명이나 되었소. 조금 일찍 봉기했더라면 큰 도움이 되었을 텐데……."

이동휘는 씁쓸해했다.

일본의 압력으로 그 위풍당당했던 강화진위대가 수원 진위대 소속의 분견대로 격하되어 겨우 소대병력만 남았던 것이다.

"어쨌든 마땅히 해야 할 일, 내 폐하의 뜻을 그들에게 전해 주겠소. 다들 내 부하였으니 내 말에 잘 따를 것이오. 그리고 강화진위대 시절의 해산 군인들이 아직 강화도에 많이 살고 있으니 그들도 회유해 보리다."

이회영과 이동휘의 대화를 묵묵히 듣고만 있던 연준희.

그의 표정에서 다소 복잡한 감정이 느껴진다.

연준희의 표정은 이동휘를 접촉할 예정이라는 말을 전하는 고민우의 표정과 매우 흡사했다.

민우는 이 임무를 전달해 주면서 씁쓸한 표정으로 이동휘란 인물에 대해 살짝 귀띔해 주었다.

"글쎄요. 애국자인 것만은 분명하죠. 전향하거나 배반한 흔적도 없고…… 하지만…… 전 그를 결코 좋아할 수가 없어요. 소위 '자유시 참변' 사건의 책임을 물어야 하는 지도자였기에……."

"자유시 참변?"

"그는 이념지향적 인물입니다. 그가 속한 파벌은 당시 적군에 경도되어 다른 파벌의 독립군들과 분쟁을 일으켰죠."

자유시 참변(自由市慘變), 혹은 흑하사변(黑河事變)은 1921년 6월 러시아 적백내전 당시, 아무르주 스보보드니(자유시)에서 붉은 군대가 수천 명의 대한독립군단 소속 독립군들을 포위해 사살한 사건이다.

여러 조직으로 나뉜 독립군 부대들은 통일된 조직 아래 항일전쟁을 전개하고, 러시아의 적군—당시 일본군은 백군을 지지—을 도와 일본군을 몰아내어 자치주를 보장받으려는 의도로 자유시에 집결했다.

하지만 독립군 중, 적군에 속한 계파와 그렇지 않은 계파 사이의 지휘권 논쟁, 적군의 무장해제 요구 등의 여러 문제로 결국 러시아 적군과 독립군이 교전을 벌이게 된다.

이때 김좌진 장군은 자유시 합류를 거부하였기 때문에 살아남을 수 있었다 한다.

어쨌든 이 사건 때문에 만주와 연해주 지역의 독립군 세력은 사실상 대부분 궤멸하게 된다.

피해 규모는 양측의 주장이 엇갈려 정확히 얼마나 되는지 알 수 없지만, 독립운동가들끼리 이념적 지향을 두고 무력 분쟁까지 일으켰다는 사실이 중요했다.

그 심리적 타격이 지대했던 것이다.

같은 동포가, 같은 애국자가 이념적 성향의 차이로 적이 될 수도 있다는 걸 체득했다는 것. 또 이날 이후 독립군은 다시 통합 조직을 만들지 못했다는 것.

그래서 이 사건이 더 큰 비극으로 다가오는 것이다.

'하지만 아직 일어나지 않은 일…… 그 때문에 이동휘란 분을 백안시할 수는 없는 일입니다. 그러니 그분도 받아들여야죠.'

연준희는 민우의 마지막 말이 뇌리를 맴돌았다.

"그럼 폐하의 명을 받든 군인들은 어찌해야 하오?"

"모두 가족을 데리고 이주해야 하오. 가족은 가급적 간도로 보냈으면 하오. 강화분견대 출신 군인들은 철원 지구대를 맡게 될 거요. 간도는……."

이회영은 가족이 간도로 이주해야 하는 이유에 대해 자세히 설명해 주었다.

"허허! 좋은 계획이오. 그렇게 하면 마음 놓고 싸울 수 있을 거요. 게다가 급여까지 올라간다니 사기 진작에도 도움이 될 테고."

"그럼 공은 이 일이 끝나면 다시 군문으로 들어오실 것이오?"

"글쎄요…… 고민이외다. 지금 하고 있는 일을 중단하기도 그렇고…… 어쨌든 이 몸도 반드시 13도 의군에 참여하리다. 시기는 조금 저울질 해 봐야 할 것 같소."

"알겠소이다. 빠른 시일 내에 합류하시어 철원지구대장을 맡아 주시오."

이동휘는 긍정의 뜻으로 고개를 끄덕거린다.

이동휘의 설득에 분견대 병사 중 많은 이가 동조했다.

하지만 몇몇 장교와 10여 명의 병사는 참여하지 않았다.

장교들은 한성에 있는 가족이 걱정되어 그랬고, 병사들은 고향을 떠날 수 없다며 움직이지 않았다.

이에 따라 강화분견대 병력 40여 명은 사직서를 낸

후, 부교(중사) 지홍윤과 연기우, 참교(하사) 유명규 등의 인솔 하에 철원으로 떠났다.

강화도에 가족을 둔 이는 가족과 함께 떠났고, 다른 지역 출신들은 고향에 들러 가족을 데리고 가기로 했다.

이들이 떠난 후에 2차로 강화분견대 출신의 해산 군인과 13도 의군에 참여하겠다는 의사를 표시한 젊은이 수백 명이 그 뒤를 따랐다.

다른 곳에서도 비슷한 양상으로 일이 진행되고 있었다.

개성진위대는 병사 출신 윤동섭(尹東涉)의 주도로 병사 27명이 사직을 하고 함경도의 영흥지구대를 이끌게 되었다.

대구는 아예 진위대장이 중심이 되었다.

대구진위대장 장봉환(張鳳煥) 참령은 황제 측근 중 고위 인사인 심상훈(沈相薰)과 비밀리에 만난 후 약 백여 명의 부하를 설득해 13도 의군에 참여했다.

이들은 문경과 영주 지구대로 분산해 활동하게 된다.

실제 역사에서 장봉환 대구진위대장은 올해 12월에 봉기를 시도하지만, 사전에 발각돼 실패하게 된다.

하지만 봉기하는 방식이 아닌, 사직 후 다시 모이기로 한 전략은 위험성이 거의 없기에 성공에 이른 것이다.

이밖에 평양과 제천, 진주, 안동, 수원, 광주 등 각지의 진위대와 분견대들이 해산하면서 13도 의군의 각 지구대 핵심 전력이 그 모습을 드러내게 된다.

이번 봉기에 전체 진위대원의 7할 가량이 참여해, 예상했던 5할을 크게 웃돌았다.

게다가 앞서 해직된 진위대원들도 상당수 포섭해 엄청난 규모의 병력 자원을 모을 수 있었다.

여기에 각 지역에서 입대를 원하는 청년들까지 받아들이면 각 지구대의 정원을 금방 채울 수 있을 터였다.

13도 의군 총대장인 김두성은 현역군인과 재입대한 군인들의 계급을 조정해 준 다음 부대 편성을 서둘렀다.

이에 따라 13도 의군은 총 5개 연대로 편성되었다.

총사령부와 제1연대는 평강에 두고, 제2연대는 황해도 곡산에, 제3연대는 원주, 제4연대는 문경, 제5연대는 지리산에 자리를 잡았다.

그리고 각 연대가 관할 하는 여러 거점 지역에 각기 대대와 중대 규모의 병력을 주둔케 했는데, 지역의 중요도에 따라 병력의 규모를 달리했다.

하지만 병력규모에 관계없이 지역별로 지구대란 명칭을 부여했다.

이에 따라 평안도 지역엔 묘향산지구대, 황해도 지역 엔 곡산지구대를 두어 제2연대의 관할 하에 두었고, 함경도의 영흥지구대와 문천지구대, 강원도의 평강본대는 제1연대가 관할하게 했다.

경기도와 강원도의 양평, 철원, 춘천, 홍천, 원주, 대관령지구대는 제3연대로 편성됐다. 또 충청도와 경북 지역의 청주와 제천, 영주(죽령), 문경(문경새재), 추풍령 지구대는 제4연대 소속으로, 나머지 호남과 경남지 역의 거창, 남원, 지리산지구대는 제5연대의 관할 하에 들어가게 됐다.

이들 각 지구대의 군사거점은 모두 깊은 산악지대에 자리 잡았고, 보급과 통신은 간도의 보급대 인원과 주변 지역에서 뽑은 현지 보급대원들이 담당하게 된다.

물론 이번 봉기 과정에서 얻은 대부분의 무기는 각 연대본부로 회수된 후 지구대 단위로 통일해 다시 지급하게 된다.

1차로 봉기한 진위대는 본대의 무기고를 털어 무장했지만, 2차로 해산해 결성한 병력은 보유한 무기가 없었으므로 간도에서 보급해 주는 무기로 무장하게 된다.

간도에서는 러시아에서 사 모은 모신―나강 소총과

독일제 마우저 소총을 보급해 주기로 했고, 이들 소총과 탄약은 각 지구대 소속의 보급대원들이 릴레이식으로 전달해 주기로 했다.

물론 군량이나 의복 같은 다른 보급품은 별입시들의 방문을 받고 이번 봉기에 참여하기로 한 각 지역의 유지들이 책임지기로 했다.

병사들의 월급은 황제가 간도를 통해 지급하기로 했는데, 간도에 가족을 보낸 장병들의 급료는 간도 예산으로, 아예 간도 화폐로, 또 간도의 급료 책정 방식대로 가족에게 지급하기로 했다.

이로써 원 역사대로라면 1907년 이후 2—3년간 전국에서 일어났을 진위대와 후기 의군(정미의병)의 봉기가 2년 일찍 앞당겨지게 됐다.

고종황제의 강제 퇴위, 시위대와 진위대의 해산으로 촉발되었던 2년 뒤의 일대 사건—대한제국 최후의 항쟁이자 한일전쟁이라 이름 해도 될 만큼 치열했던 전쟁이 황제와 간도진위대의 발 빠른 행보로 일찍 시작된 것이다.

물론 당장은 아니다. 어느 정도 조직을 정비하고 훈련을 하는 시간이 필요하기 때문이다.

제9장

을사늑약

화룡거리가 들썩거린다.

이번 가을 대 회전이 끝난 후 수많은 군인들이 한꺼번에 휴가를 나왔기 때문이었다.

자식을 군문에 들여보낸 후, 전투가 벌어진다는 얘길 들을 때마다 얼마나 가슴을 졸였던가! 부모들은 그런 불안한 감정들, 그런 옥죄임에서 일시적으로 해방된 것이다.

주민들은 휴가 나온 병사들이 전해 준 전장의 소식에 크게 고무되었다.

또, 병사들은 간도진위대의 간부들이 인명을 우선시하

기 때문에 전투가 벌어져도 목숨을 잃을 염려가 없다며 가족들의 불안감을 해소시켜 주고자 노력했다.

이처럼 휴가 나온 군인들에게 묻어 온 소문과 소식들은 간도 사람들에게 또 한 번 자부심과 안도감을 선사했다.

홍범도 또한 동료들과 더불어 휴가를 나왔다.

황선일과 김종선은 휴가를 나와 봐야 갈 곳이 없어 홍범도의 집에서 휴가를 보내기로 했다. 두 사람뿐 아니라 모든 도래인 출신 군인들이 그랬다.

군문에서 친해진 이들의 집에서 이처럼 신세를 지기로 한 것이다.

화룡에서 새롭게 조성한 주거지에 있는 홍범도의 집.

그가 집으로 들어서자 그를 가장 먼저 반긴 이는 올해로 아홉 살배기 차남 홍용환이었다.

눈에 넣어도 아프지 않을 어린 아들이 '아버지!' 하며 달려들자 홍범도는 아이를 높이 들어 올리며 반가워한다.

"아바지 오셨습둥?"

장남 홍양순이었다.

뒤를 이어 부인도 나와 그를 반긴다.

황선일과 김종선은 이 단란한 가족의 모습을 바라보자 눈시울이 뜨거워졌다.

원 역사대로 흘러갔더라면 이 자리에 있는 홍범도의 가족은 후일 모두 억울한 죽음을 당하게 되리라.

일제의 주구 일진회 놈들이 일본 측의 사주를 받아 의군장인 홍범도를 회유코자 그의 가족을 인질로 잡게 되는데, 부인은 그 과정에서 옥고를 이기지 못하고 세상을 뜨게 된다.

장남 양순은 1908년 홍범도 의진에 속해 중대장 신분으로 일본군과 싸우다 전사하고, 차남은 소위 간도참변—일본군이 봉오동과 청산리에서 대패한 후 그 분풀이로 간도의 한국인 양민을 무차별적으로 학살한 사건—때 목숨을 잃게 된다.

세간의 살림살이를 눈으로 훑던 홍범도는 만족한 듯 고개를 끄덕인다.

아이들도 잘 먹어서인지 얼굴에 살이 토실토실하게 올라와 있다.

"주정부에서 잘 대우해 주는 모양이디?"

"아유! 어찌나 됴히 두는디 몸 둘 바르 모르갔소. 서

뱅이가 높은 군관이 되었다고 쌀이나 돈으 주테 못할 정
도로 두니 살림이 아조 풍족해졌소꼬마."

"허허! 이리 고마울 데가……."

"아바지. 더 군관들이가 아바지 동무임둥?"

"그래, 같이 싸운 군관들이디. 내게 군무를 알켜 준
스승이기도 하고…… 그러니 어서 인사하그라."

양순은 황선일과 김종선에게 공손히 인사를 했
다.

"아바지에 대한 소문이가 온 동네에 자자했지비. 큰
공을 세웠다고…… 그래서 나도 이번에 육군무관학교에
입교하겠소꼬마."

"오! 그래? 잘 생각했구마."

홍범도는 대견스러운지 양순의 머리를 쓰다듬어 주었
다.

"하하! 그럼 집안에서 대를 이어 장교가 나오겠네요."

"그러게 말이오. 근데 황 중위님과 김 소위님도 빨리
장개르 가셔야 할 텐디……."

이번 작전으로 황선일과 김선일도 한 계급씩 승진했
다.

"어머나. 두 군관 분들이가 아직 혼인 안 했습둥?"

부인은 두 사람이 미혼이란 얘기를 듣자 귀가 번쩍 뜨이는지 말참견을 한다.

"그렇소. 어디 양순 에미가 중신 좀 놔 보시우. 두 분만 보면 고게 늘 미안해서…… 혼기를 훌쩍 넘긴 분들이가 장개도 안 가고 싸움터나 돌아다니니……."

"아유! 내 한번 둥신 서 보겠음메. 휴가 끝나기까디 어떡하든 해 보겠슴메."

"아니…… 괜찮은데……."

중매 이야기가 나오자 두 사람은 얼굴이 금세 빨개진다.

"허허! 중신 얘기가 나오니 부끄러운 모양이오."

홍범도는 이날 밤, 풍성한 저녁식사와 더불어 오랜만에 가족들과 회포를 풀었다.

다음 날 날이 밝자 홍범도는 가족들을 이끌고 화룡훈련소 방향으로 길을 잡았다. 황선일과 김종선도 같이 나섰다.

"후후! 여기서 훈련 받은 게 불과 몇 달 전인데, 몇 년은 지난 것 같구려."

"그럴 겁니다. 그간 치른 전투가 좀 많았습니까?"

훈련소 건물이 보이자 감회가 새로운 모양이다.

임시 수용소처럼 보였던 훈련소는 이제 번듯하게 꾸며져 있고 입소해 있는 훈련병들이 교육을 받는 모습도 눈에 띈다.

셋은 훈련소를 그대로 지나친 후, 그 옆에 새로 지어진 건물로 들어섰다.

이곳이 새로 문을 연 육군무관학교였다.

이들 셋은 이번 동절기에 각 연대별로 진행될 무관학교 속성 과정 교육 대상자였다.

다른 연대와 달리 이들이 속한 2연대는 화룡에서 새로 문을 연 이 무관학교에서 교육을 진행하기로 했다.

"어라! 그때 그…… 군관님? 그간 안녕하셨습니까?"

행사장으로 향하던 홍범도를 앳된 목소리가 불러 세운다.

"누구…… 아! 그 소년이구먼."

"다시 보니 반갑사옵니다."

"오! 김…… 좌진이라 했나? 여기 온 걸 보니 이번에 무관학교에 입학하기로 한 모양이군."

"그렇습니다."

김좌진은 한눈에 자신을 알아봐 준 홍범도가 고마운지 더욱 공손한 태도를 보인다.

"그간 뭘 하고 지냈는가?"

"사범학교에서 수학을 했습니다."

"그래? 지낼 만하던가?"

"정말 간도로 오길 너무 잘했단 생각이 들었습니다. 얼마 안 되는 기간이었지만 사범학교에서 많은 걸 배웠습니다. 또 어찌나 간도 분들이 잘해 주시는지……."

"하하! 당연히 그랬겠지…… 요."

황선일도 반가운 마음에 끼어든다.

아직 앳된 소년이지만 쉽게 하대를 못한다.

이름이 주는 무게감이 상당한 모양이다.

잠시 후, 초청인사와 무관학교 입교 대상자들이 모두 모이자 개교식이 시작되었다.

간도자유주의 정부인사를 비롯해 의친왕도 귀빈석에 자리를 잡았다.

의친왕의 개교선언과 축사로 시작된 행사.

곧이어 단상에 오른 장순택 진위대장 또한 축사를 했다.

"……2년 과정의 교육을 잘 이수해 훌륭한 장교로 태어나길 거듭 부탁드립니다. 아울러 오랜 전투를 끝내고 동절기 속성 과정에 참여해 주신 2연대 소속의 장교들에게 깊은 찬사를 보냅니다. 자! 여러분! 우리 영웅들에게 큰 박수 부탁합니다."

"와아!"

짝짝짝짝!

행사를 구경하기 위해 나온 군인의 가족들과 화룡 주민들이 크게 환호한다.

너무나 고마운 존재들이다.

자신의 생명과 재산을 지켜 주는 간도진위대. 간도사람들에게, 이미 이들은 모두가 영웅이었다.

이번 전투에서 큰 전공을 세운 장병들에게 의친왕이 친히 계급장을 달아 주는 행사도 열렸다.

홍범도는 가장 큰 공을 세운 것으로 평가 받아 두 계급이 오른 소령 계급장을 하사 받았다.

"수고하셨소. 그리고 승진을 축하하오."

"소령 홍범도! 감사합니다!"

"아니요. 오히려 내가 감사하오. 하하하!"

의친왕 이강은 간도 사람들이 가장 큰 기대주로 평가하고 있는 홍범도의 얼굴을 가슴 깊이 새기겠다는 듯, 한참 동안 그의 얼굴을 바라보았다.

11월 10일.

간도만큼이나 용산역도 북적거린다.

한국주차군 병력의 손실이 만만치 않자 일본에서 보충병들을 보내 준 것이다.

본시 큰일을 앞두고 있어 지방에 주둔 중인 주차군 병력을 불러올리려 했으나 이번 진위대원들의 봉기로 지방의 수비대들이 큰 손실을 입는 바람에 울며 겨자 먹기로 본국에서 보충병을 뽑아 온 것이다.

일본 입장에서는 미치고 팔짝 뛸 노릇이었다.

군 병력을 감축해도 모자랄 판에 계획보다 훨씬 많은 군비를 한국에 쏟아붓게 된 것이다.

그나마 이게 가능한 것도 루스벨트의 지원 덕에 미국에서 채권 발행이 성공할 거라는 계산이 섰기 때문이다.

주한 일본공사 하야시도 용산역에 나와 있었다.

지난 11월 2일, 일본에서 돌아온 하야시는 자신의 부재 시 벌어진 일에 대한 보고를 받고는 거의 까무러칠 뻔했다.

일이 다 틀어지는 건 아닌지 전전긍긍하던 차에 그나마 본국 정부가 병력 증원을 빠르게 결정해 준 덕에 숨을 돌릴 수 있었다.

그리고 오늘 그 사람도 온다.

한국 병합을 본격화시킬 인사가 말이다.

"반갑습니다, 이토 후작님. 한국에 오신 걸 환영합니다."

"허허! 잘 지내셨소."

이토 히로부미였다.

지난달 27일 일본 내각은 '한국 보호권 확립 실행에 관한 각의 결정 건'을 발표하고 한국에 대한 보호권을 얻어 내기 위한 구체적인 실행 작업에 들어갔다.

그래서 조약 체결을 위한 전권대표를 하야시 공사에게 맡겼고, 동시에 일본 천황의 칙사로 이토 히로부미를 파견하기로 결정한 것이다.

사실 칙사라기보다 그들이 만들고 있는 문서의 초안에 나와 있는 대로 한국통감이란 직위를 이미 내부적으로 부여한 상황이었다.

종전 직후, 당장 한국을 집어삼키리라 예상했던 일본이 이처럼 신중하게 단계적으로 접근하고 있는 가장 큰 이유는 재정고갈 문제 때문이었다.

그리고 또 하나는 서구 열강들의 승인 문제였다.

아직 대한제국에 서구 열강들의 이권이 남아 있기 때문에 일본 마음대로 처리하면 외교적으로 큰 문제가 발생할 수 있었다.

그래서 종전 이후 계속 열강들과 외교적 조율을 하고 눈치도 보며 일을 진행해 온 것이다.

그리고 이제 본격적으로 행동에 나선 것은 그만큼 분위기가 무르익었다는 판단을 했기 때문이다.

이튿날, 일본공사관에서 이토의 주재 하에 회의가 열렸다.

하세가와 사령관 등 군부 인사까지 참석한 확대 회의였다.

"한국 측의 반항에 대한 대비는 되어 있소?"

"그렇습니다. 우리 사령부 병력이 궁궐을 포위할 계획입니다. 아울러 한국군 시위대도 단단히 단속해 허튼 생각을 못하도록 할 겁니다."

고개를 끄덕이는 이토 히로부미.

그는 정한론(征韓論)의 발상지인 조슈번 출신이다.

정한론의 주창자 요시다 쇼인의 문하에서 수학했고, 탁월한 정치 감각과 처세술로 하급낭인에서 일본의 대표적인 정치가로 발돋움한 인물이다.

"우리 친일파 인사들의 움직임은 어떻소?"

"이미 내각은 친일파 인사들이 장악한 상황입니다. 때가 되면 적극 나설 겁니다. 아울러 민간 부문에서도 일진회란 단체가 맹활약을 하고 있습니다."

"일진회?"

"하하! 친일파를 자처하는 대일본제국의 개들이라 할 수 있지요."

"호오! 그렇소?"

"며칠 전 저들은 일본의 보호와 지도를 받기 위해 내치와 외교권을 일본에 일임해야 한다는 일진회 선언서까지 발표했습니다."

"허허! 간도 쓸개도 없는 자들이구려. 뭐, 우리 일본에 좋은 일이긴 하지만……."

실제로 일진회는 11월 6일, 위와 같은 내용의 '일진회 선언서'를 발표했다. 이제 대놓고 매국 행위를 하겠다, 공표한 셈이다.

"그럼, 가장 큰 걸림돌은 무엇이오?"

"역시 한국 황제입니다. 황제는 끝까지 거부할 겁니다."

"대책은 무엇이오?"

"강압적인 방법밖에 없습니다."

"후후! 내게도 생각이 있으니 한황 건은 됐고…… 폭도들 문제는 어떻소? 얼마 전 각 지방에서 큰 변란이 있다 들었소만……."

진위대 봉기 건으로 화제가 옮겨 오자 하세가와 사령관이 인상을 찌푸리며 대답을 한다.

"몇몇 진위대가 반란을 일으키자 다른 진위대도 동조할까 저어해 바로 해산시키려 했는데, 어찌 알았는지 대부분 사직하고 군문을 떠나더이다. 이 또한 한황의 계략이 아닌지 의심하고 있던 참이오."

"그럼 지방 폭도들의 동정은 어떻소?"

"별다른 움직임은 보이지 않고 있소. 처음엔 크게 기세를 올리더니 몇 주간 잠잠해졌소. 지방의 우리군 수비대들이 큰 타격을 받아 대응할 방법이 없었는데 놈들이 이렇게 나와 주니 그나마 다행이라 할까…… 하지만 두고두고 우환거리가 될 수 있어 이번 건이 처리되는 대로 토벌 계획을 수립할 예정입니다. 이제 보충병도 도착했으니……."

"그렇지. 확실히 이번 건 처리가 우선이긴 하지……."

이토는 근엄한 표정을 지으며 고개를 끄덕거린다.

"그럼. 한황에게 당장 면담을 요청하시오. 내 빠른 시일 내에 담판을 짓겠소."

하야시는 이토가 자신만만하게 나오자 덩달아 기분이 좋아졌다.

여러 가지 일로 자신을 괴롭혔던 한황이 앞으로 겪을 일을 생각하니 웃음부터 나온다.

이토의 등장은 서울 장안에 큰 풍파를 몰고 왔다.

게다가 한국주차군 소속의 일본군들이 분주히 움직이기 시작하자 올 게 왔다는 평들도 오고 갔다.

모두가 숨죽이며 경운궁만 바라보고 있었다.

이토가 다음 날부터 거듭 면담을 요청했지만, 황제는 병을 핑계로 계속 접견을 거부했다.

그러길 며칠여, 결국 11월 15일 이토는 간신히 황제를 알현할 기회를 얻었다.

"이제 한국은 우리 대일본제국의 보호국이 되어야 하오. 이미 영국과 미국도 동의했소이다. 그러니 어서 보호조약 안에 서명하십시오."

이토는 통역관이 황제에게 얘기를 전달해 줄 때도 황

제에게 향한 시선을 거두지 않은 채, 냉랭한 표정으로 노려보았다. 참으로 무례한 행동이었다.

"말도 안 되는 일!"

"폐하가 그토록 믿던 러시아도 우리 대일본제국에 패해 한국에 대한 모든 이권을 넘겼소이다. 이제 한국을 도울 나라는 어디에도 없단 말이오."

"짐이 죽으면 죽었지, 결단코 그 조약에 도장을 찍진 않을 것이다."

"어허! 대세를 인정 못하겠다 그 말이오?"

"내 어찌 일국의 황제로서 주권을 남의 나라에 넘길 수 있겠는가?"

"주권을 넘기라는 게 아니외다. 일본의 보호국으로 있으면서 국력을 키우다 후일 주권국의 자격이 되면 그때 독립하란 말입니다."

"그만하시오. 짐이 와병 중이라 몸이 고단하니 다음 기회에 더 얘기합시다."

이 말에 이토의 눈빛이 사나워지기 시작했다.

"정녕 그리 나갈 거요? 그러면 황실을 보존할 수 있을 것 같소?"

"뭐라?! 무엄하도다! 어디서 그런 망발을 내뱉는 것

이냐!"

황제는 이토가 독사 같은 인물이라 느꼈다.

감언이설과 협박적인 언사를 능수능란하게 섞어 가며 자신을 몰아붙이는 모습을 보니.

"험험! 비록 내 개인의 신분은 폐하보다 낮다 하나, 본인은 이 자리에 천황폐하의 특사 자격으로 와 있는 것이오. 그러니 대일본제국의 특사에게 걸맞는 예의를 갖춰 주십시오."

"이이……."

"외교권만 넘겨 주시오. 그러면 우리 일본제국이 한국을 외적의 침탈로부터 보호해 주고 나라를 부강하게 만들어 주겠소."

분노로 활활 타올랐던 황제는 이 말을 듣자 고개를 푹 숙였다.

어차피 판세를 보면 외교권을 잃을 수밖에 없다.

하지만 어떻게든 버텨 조금이라도 더 유리한 조건으로 이 회담을 끝내야 한다. 황제는 탄식을 하듯 낮은 목소리로 말을 꺼냈다.

"아국의 대외관계를 내용적으로 일본에 위임한다 하더라도 형식적으로는 아국이 외교권을 유지하며 외교사절도 파견하고…… 각국 대표도 한국에 주차할 수 있게 해 주시오. 그럼 서명하리다."

황제의 태도가 누그러지자 이토의 눈이 가늘어지고, 입꼬리가 말려 올라갔다. 기세를 탔다 판단한 모양이다.

"그건 안 될 말! 우리가 원하는 건 외교권뿐인데 그게 그리 어렵소? 외교권만 넘겨주면 내정은 완전한 자치를 보장해 주겠소."

황제는 이토의 교묘한 수작에 결코 넘어가지 않았다.

자치에 대한 보장은 입 발린 소리에 불과할 뿐이란 건 이미 알고 있었다.

외교권이 없는데 어떻게 자치에 대한 보장을 받을 수 있겠는가?

그 보장은 결국 국제관계 속에서 실현되는 일인데 외교권이 없는 나라, 속국에 불과한 나라가 부당한 처우를 당했다, 조약이 이행되지 않았다고 어떻게 국제사회에 호소한단 말인가!

"외교권을 잃는다는 건 독립을 잃는 일. 이런 중차대한 문제를 어찌 짐이 독단적으로 처리하겠는가? 정부 대신들과 일반 여론에 자문한 후 결정할 것이니 말미를 주시오."

"그게 무슨 말이오? 한국은 전제군주제 국가 아니오? 이런 핑계를 대며 결정을 미룬다면 더욱 큰 일이 벌어질 거요? 아시겠소?"

"이…… 이!"

또다시 황제를 겁박하는 이토.

황제는 이런 굴욕, 이런 능욕을 당하는 자신의 처지가 너무나 한심하다 느껴졌다.

자신의 배후에 13도 의군이 있고, 간도가 있다 한들, 오늘 이 자리는 결단코 아국의 역사에 영원히 수치스런 역사로 기록되리라.

그리고 이 일의 책임은 모두 자신에게 귀결될 것이다.

'내 반드시 너만은 죽이리라.'

황제는 이토를 노려보며 나직이 마지막 말을 내뱉었다.

"일단 외부대신에게 조약 안을 제출하시오. 제출하면 정부에서 의논한 후 결정하겠소."

"알겠소이다. 그럼…… 이만 물러가겠소."

이토는 회심의 미소를 지은 후 궁을 빠져 나갔다.

"이…… 치욕을 반드시 갚아 주마. 그날이 오면……."

혼자 남은 황제는 두 주먹으로 서탁을 내려쳤다.

황제의 주먹이 바르르 떨린다.

분노의 감정은 어느새 슬픔으로 변했다.

뒤범벅된 두 감정은 결국 황제의 눈에서 눈물을 자아 낸다.

나라의 미래가 암울하다 느낀 건 아니다.

현실은 이미 간도사람들과 협의하고 예측한 일정표대로 흘러가고 있을 뿐이다. 하지만 일국의 황제로서 이 자리에서 겪은 치욕과 울분은 감당하기 어려운 것이었다.

이토는 이까지 드러내며 웃는다.

"후후! 이제 다 된 것 같군."

하야시는 이토의 말에 의아스럽다는 반응을 보인다.

"이제 시작 아닙니까?"

"아니. 다 된 것이나 마찬가지요."

"네?"

"공사는 한황이 이 조약에 서명할 거라 생각하

시오?"

"그렇지 않을 겁니다. 그러니……."

"후후! 글쎄…… 구중궁궐에서 벌어지는 일을 외국공
관에서 알 수 있을까나?"

"네?"

"한국 각료의 대부분이 우리 편이니 일은 끝난 거나
마찬가지요. 어쨌든 난 한황과 중대한 회담을 마치고 나
왔으니, 절차적인 합리성은 이미 확보했소. 그다음 일이
야…… 하하하! 자! 하야시 공사! 큰일 하나 마무리지었
으니 게이샤 앉혀 놓고 거나하게 술이나 한잔합시다. 하
하하!"

천하의 색골로 유명한 그.

오죽하면 '풍류통감'이란 별명까지 붙었을까? 역시나
그의 발걸음은 공관이 아닌 색주가로 향한다.

이런 둘의 모습을 숨어서 지켜보던 민우와 정재관은
무거운 표정으로 발걸음을 옮긴다.

"후우! 이제 시작인가?"

"형님…… 어떻게든 막아야 하지 않겠소? 형의 능력
이라면 뭐든 할 수 있지 않겠소? 그렇지 않소?"

정재관의 얼굴은 벌겋게 변해 있었다. 민우는 고개를

가로저었다.

"막을 수 없어. 역사의 톱니바퀴가 그 관성을 따라 돌고 있는데 어떻게 막겠어?"

"예? 그게 무슨 말이오?"

"글쎄…… 우리가 있으니 그 톱니바퀴는 곧 동력을 잃게 되고 언젠가 멈추게 되겠지. 그날이 오면 톱니바퀴를 아예 부숴 버릴 거다. 이 손으로 반드시!"

오랜만에 민우의 눈에서 불이 번쩍인다.

120년 후에 당했던 그 일을 민우는 두 번째로 겪고 있는 것이다.

거꾸로 된 시간 순으로 말이다.

"의제…… 당분간 첩보 활동은 모두 의제의 조직이 맡아 줘야겠어. 왜놈의 첩자 가려내는 거와 중요 인사를 보호하는 일들, 친일파들의 동향을 체크하는 일도…… 혹시 무력이 필요할 경우 내게 부탁하고."

"그럼 의형은?"

"우리 특전대의 모든 전력은 폐하의 유사시를 대비하는 쪽으로 움직일 거야. 일단 궁궐 밖 중명전 가까운 지점에 거점도 만들어 놓고, 궐내에 원격 감시 장치도 설치해야겠지. 비상시국이니……."

오늘따라 한성거리의 가로등불이 파리하게 보인다.

다음 날 11월 16일 이토는 정부 대신들을 모아 놓고 일장 연설을 했다.

조약 체결이 피할 수 없는 대세이니 잘 판단하란 것이다.

사실 이것도 요식행위에 불과했다.

이토는 친일파 대신들과 벌써 몇 차례에 걸쳐 기생집에서 거나하게 술판을 벌이며 이런 얘기를 되풀이해서 주지시킨 바 있었다.

다만 한규설 같은 황제파나 수구파 대신들에게 이런 통보와 설득 과정(?)을 거쳤다는 걸 확인시킬 필요가 있었다.

황제는 궁내부 대신을 통해 수삼 일만 연기해 달라 전갈을 보냈지만, 이토는 조약 체결 절차를 강행해 나갔다.

결국, 11월 17일 밤 8시.

이토는 하세가와 사령관을 대동하고 궁궐로 들어갔다.

궁궐에서 이들이 들어오는 것을 본 이상설은 황급히 중명전으로 들어가려 했다.

하지만 중명전은 이미 일본 헌병들이 에워싸고 있었다. 관계자가 아니면 누구도 출입을 불허한다며 그를 막아 세웠다.

"뭐라! 이놈들이 여기가 어디라고! 여긴 황제 폐하께서 계시는 침전이다. 썩 비키지 못할까!"

이상설은 오늘 대한제국의 외교권이 박탈될 것이란 사실을 이미 알고 있었다.

이런 형국에 자신이라도 들어가서 막아야겠다고 나선 것이다.

일본군 헌병들은 대꾸도 하지 않은 채, 그들 밀쳐 냈다.

"이놈! 난 의정부 참찬이다. 대한제국의 관료란 말이다. 관료가 왜 궁으로 들어가지 못한단 말이냐!"

얼마 전, 이상설은 법부협판에서 의정부 참찬으로 직위가 바뀌었다.

그는 고위관료란 신분을 내세워 다시 들어가려 했지만 헌병들은 요지부동이었다. 이 소란을 지켜보던 헌병책임자가 다가왔다.

"어허! 위에서 내려온 방침이외다. 허가된 자가 아니면 누구도 들어가지 못한다고 하지 않소?"

"뭐라! 에잇! 이 천하의 둘도 없는 인간 말종들!"

이상설은 헌병책임자의 어깨를 장죽으로 후려치며 분통을 터트렸다.

이에 화가 난 헌병책임자는 부하들에게 명령해 이상설을 강제로 궁궐 밖으로 끌어냈다.

민우의 안가로 돌아온 이상설은 비통한 심정을 억누르지 못해 눈물까지 흘리며 분개해했다.

방에 앉아 있는 다른 이들도 땅이 꺼져라 한숨만 쉬고 있었다.

"어찌 이럴 수 있단 말인가? 어찌 이럴 수가…… 어흑!"

"이 참찬님. 그만 고정하십시오."

"고 국장! 정말로 오늘 아국은 외교권을 잃게 되는 건가? 정말로?"

"헌병대까지 동원한 걸 보면 이토 놈이 오늘 끝내겠다, 생각한 모양입니다."

"휴! 예상했던 일이라 하나 막상 이 비극을 겪게 되니 마음이 무너지는구려."

이회영은 허공을 바라보며 한숨을 내쉬었다.

"의형! 정말 우린 이 사태를 막을 수 없는 게요?"

정재관처럼 아직 피가 뜨거운 신채호도 민우에게 따져 물었다. 민우는 고개를 가로저었다.

"이런 참혹한 일을 막지 못해 미안하네. 하지만 지금은 방법이 없어. 최소 일 년만 시간이 주어졌어도 막을 수 있었겠지만…… 후읍!"

민우는 분노를 가라앉히느라 심호흡을 했다.

"하지만 때가 오면 백배, 천 배 복수할 거다. 왜놈들과, 저 왜놈에 빌붙어 나라를 판 매국노 놈들을! 살아 있는 것보다 죽는 게 낫다는 생각이 들 정도로 처절하게!"

모두가 민우의 말을 이해했는지 고개를 끄덕인다.

"이 참찬님. 우당선생님. 그리고 의제도……."

민우는 이상설과 이회영에게 차례대로 시선을 주다 마지막엔 신채호를 바라보았다.

"이제 한성 일을 정리하고 간도로 가시는 게 어떻겠습니까? 한성에 남아 있는 나머지 충신들과 젊은 인재들, 그리고 그 가족들을 모두 데리고 말입니다."

"간도로……."

"이제 왜놈들의 움직임이 빨라지고 철저해져 한성에 있어 봤자 몸만 상할 뿐, 다른 일을 하시기 어려울 겁니다. 이럴 때, 간도에 가서 힘을 보태 주시어 복수의 그날을 앞당기는 게 훨씬 낫지 않겠습니까?"

"흠…… 맞는 말이네. 우린 아직 간도의 실상도 모르고 있으니 궁금증도 해소할 겸, 이번 기회에 간도로 가야겠네."

"난 아예 가산을 모두 정리해서 가겠네. 형제들과 상의해서 가급적 집안사람들 모두 데리고 말이야."

이회영은 실제 역사대로 모든 가족을 이끌고 갈 셈인 모양이다.

"의제도 가서 간도에서 더 많은 공부를 하라고. 이런 때일수록 나라의 역사와 이상이 바로 서야 하니 말이야."

"알겠습니다, 형님. 형님 말을 듣고 보니 이제 때가 된 거 같소."

"그러게. 여긴 나와 도 총재에게 맡기고…… 우린 남아서 할 일이 많으니."

민우는 이제 때가 되었다 판단했다. 이 자리에 있는, 향후 나라의 기둥이 될 이 위인들이 이제 간도와 힘을 합칠 때가 된 것이다.

밤 여덟 시에 시작된 협상은 다음 날 오전 1시에 끝났다.

그리고…… 을사늑약이 체결된 것이다.

이토는 왜 밤늦게 궁궐로 들어가 일을 벌였을까?

당연히 외국 외교관의 눈을 피하기 위함이었다.

그리고 그날 밤, 궁궐에서 벌어진 일에 대해 자료마다 다 다른 얘기를 전하고 있다.

어쨌든 공통적인 부분은 이 과정에서 조약에 찬성한 을사오적이 나왔다는 것.

이완용, 이지용, 박제순, 권중현, 이근택…….

이들 다섯 명은 만고역적의 명단에 오르게 되었다.

또 하나의 진실은 황제가 결코 이 국서에 날인하지 않았다는 것이다.

황제는 끝내 이토의 알현 요청을 거절하고 이 문서에 서명하지 않았다.

그리고 박제순이 대신 날인했기 때문에 을사늑약은 정식 조약으로 인정할 수 없다는 정도다.

하지만 이 부분도 독일 외교 문서에 조금 다르게 기술되어 있다.

이 문서를 작성한 독일공사 잘데른은 지인이나 정보원

들의 증언을 토대로 다음과 같이 기술하고 있다.

　황제는 이토 후작 때문에 매일 고통을 당했다. 가련한 군주…… 황제는 알현 과정에서 언제나 조용히 그리고 정중히 거절했다…… 이토 후작에 대해 황제는 확고한 자세를 보였고 '안 된다. 안 된다'고 수차례 말했다. 조약의 체결 과정에서 참정대신(한규설)을 제외하고 전체 대신들이 (일본 군경의) 폭력의 결과로, 또 노골적인 강요로, 일본 측이 미리 준비한 문서에 중명전에 놓여 있던 국새를 가져다 인준했다…… 궁궐은 일본 군인들과 헌병들에 의해 포위되었고, 국새를 찍는 과정에 일본군인들이 개입했다. 그날 어떤 일이 벌여졌고, 한국 황제가 굴복했는지 여부는 중요하지 않다. 일본이 이 조약 문서를 공개하는 일 자체가 명백히 자신의 폭력 행위를 세상에 드러내는 것이다.
　—독일외교부 문서 1905년 11월 20일, 서울주재 공사 잘데른이 독일제국 수상 뷜로에게.
　—문서 발굴 및 번역자 정상수 교수.

　잘데른이 작성한 이 문서의 전문—몇 페이지에 달하는 장문의—을 읽어 보면 그의 안타까운 심정이 절절한 느껴진다.

또 일본의 폭력성에 대해 그는 매우 분노하고 있었다.

어쨌든 이것이 이토의 노림수였을 것이다.

어차피 황제가 인준할 일은 없다.

그러니 밤늦게 궁궐 문을 걸어 잠그고 누군가 도장만 찍으면 된다. 박제순이 찍든 일본군이 찍든 상관없었던 것이다.

폭력을 동원해 대한제국의 외교권을 빼앗은 일제는 서둘러 다음 절차를 진행했다.

11월 22일 통감부 및 이사청을 설치하는 안을 발표하고, 11월 23일, 협약이 이루어졌음을 정식으로 공표했다.

이것을 계기로 외국 공관에도 협약전문 및 일본정부의 선언서를 통보해 주며 대외적 절차도 착실히 밟아 나갔다.

이 소식이 재야에 전해지자 민심이 들끓기 시작했다.

지방에선 연일 유림들의 상소가 올라왔고, 수많은 이들이 조약 무효를 외치며 길거리에서 연설을 하거나 상소문을 작성했다.

직접 행동으로, 온몸으로 조약을 거부한 애국자들도 있었다.

주영 서리공사 이한응이 자결했고, 갑신정변 때 처형됐던 홍영식의 형 홍만식도 독약을 먹고 목숨을 끊었다.

좌의정 출신 조병세(趙秉世)는 조약이 체결됐다는 소식을 듣자 부랴부랴 상경해 황제에게 을사오적의 처형을 간했다.

일본군의 방해로 이마저 못하게 되자 심상훈, 민영환 등과 궁궐을 점거한 채 을사조약의 무효를 계속 상소했지만, 곧 일본군에게 강제로 해산 당했다.

그러자 각국 공사 및 동포에게 보내는 글과 유서를 남기고 음독 자결했다.

그리고 뒤이어 민영환마저 자결하는 사태가 벌어졌다.

이에 이상설도 종로에서 민영환의 자결 소식을 알리며 피를 토하는 심정으로 을사늑약의 부당함에 대해 대중을 상대로 연설을 했다.

을사늑약은 확실히 수많은 애국지사들을 격동시

켰다.

그 인물 중엔 김구(金九)도 있었다.

그도 이 소식을 듣자 진남포 예수교회 에버트 청년회 총무 자격으로 서울 상동교회(尙洞敎會)에서 열린 을사조약 반대 전국대회에 참석했다.

그는 이 자리에서 이동녕(李東寧)과 이준(李儁), 전덕기(全德基) 등을 만났다.

이들은 을사조약 철회를 주장하는 상소문을 작성한 다음 대한문 앞에 모여 통곡하며 큰소리로 조약을 철회해 달라 외쳤다.

또 종로에서 을사조약 반대에 대한 가두연설도 했다.

실제 역사에서 이외에 수많은 이들이 자결을 하거나 행동단체를 조직해 을사오적의 처형―기산도(奇山度)란 인물은 이근택에 집에 잠입해 그를 칼로 난자했으나 이근택은 가까스로 목숨을 건지게 된 그런 사건도 있었고, 나철(羅喆)이 지휘하는 암살단이 권중현을 저격했으나 실패한 일 등―에 나서기도 했다.

또 지방 곳곳에서 을사의병―전 참판 민종식(閔宗植)의 홍주의병을 비롯한―이 일어났다.

이처럼 을사늑약이 발표된 후에 진행된 일은 실제 역사에서 일어난 일과 크게 다르지 않았다.

대다수 국민이 분노했고 시세를 살피거나 세상 공부를 하던 수많은 애국지사가 들불처럼 떨쳐 일어났던 것이다.

아울러 개화를 지상 최대의 과제로, 그것을 애국의 길로 설파하던 상당수의 친일파 지식인들이 그 개화파의 위장을 벗어 내고 노골적인 친일노선을 걷게 되었다는 점도 중요했다.

이제 피아가 명확히 구분되기 시작한 것이다.

을사늑약 이후 들끓기 시작한 한성의 정세로 인해 일본군의 경계망이 더욱 촘촘해지자 민우와 특전대원들은 경운궁에 들어가 황제를 알현할 생각은 잠시 접어 두고 유사시에 대비하기 위해 궁궐 주변에서 대기 태세에 들어갔다.

궁궐 밖 중명전 가까운 곳에 비밀 거점도 마련해 두었다.

그리고 민우는 잠시 짬을 내 신채호를 불러냈다.

"간도로 떠날 준비는 다했는가?"

"거의 다 끝나 갑니다. 다음 달 우당과 보재 선생 가족과 더불어 길 떠날 예정입니다."

"흠…… 그럼 아직 시간이 있군. 내가 부탁할 게 있어서 말이야."

"뭡니까?"

"지금 한성에 들어와 있는 다른 인물들도 설득해 데려가 줬으면 해서."

"누굴 말함인지……."

"김창수, 이동녕, 이준 선생. 이런 분들이지."

"아…… 그분들이라면 제가 조금 친분이 있습니다. 이동녕 선생은 예전에 독립협회 시절부터 알고 지냈고요."

"잘됐군. 그럼 부탁할게."

"그럼, 먼저 형님께 모셔 오겠소."

"그러면 더 좋고."

신채호를 보낸 민우는 기분 좋은 미소를 지었다.

애국지사를 포섭하는 일도 간도에서 내린 중요 임무 중 하나였다.

그리고 오늘 매우 중요한 인물의 포섭 작업을 시작한 것이다.

김창수(金昌洙)는 바로 백범 김구 선생의 개명 전 이름이었다.

1876년생이니 을사년이면 서른 정도의 젊은 나이였다.

이동녕(李東寧, 1869년생) 선생은 이회영 및 김구와 친분이 있던 인물로 후일 임시정부의 주석을 연임한 이였다.

이준(李儁, 1859년생) 선생은 이상실 선생과 더불어 헤이그에 밀사로 갔다가 호텔에서 순국한 인물이다.

이준은 작년(1904년)에 공진회(共進會) 회장을 역임하기도 했는데, 공진회는 보부상 단체로서 일진회에 대항하고 국권수호를 위해 활동하던 단체였다.

또 그는 법관양성소를 졸업해 한성재판소 검사보로 재직하기도 했다.

젊은 시절 만고의 국적 박영효와 친분을 다지기도 했고, 을미사변 때 일본으로 망명하기도 했던 전력이 있지만, 귀국 후, 그는 애국지사에 걸맞은 행보를 보이고 있었다.

그리고 한성에서 멀리 떨어진 곳에서 또 한 명의 위인이 간도와 인연을 맺게 된다.

어려서 안응칠(安應七)이라는 이름으로 불리던 안중근 (安重根, 1879년생) 장군이 스물여섯의 나이에 13도 의군 묘향산 지구대의 군문을 두드린 것이다.

〈『간도진위대』 제8권에서 계속〉

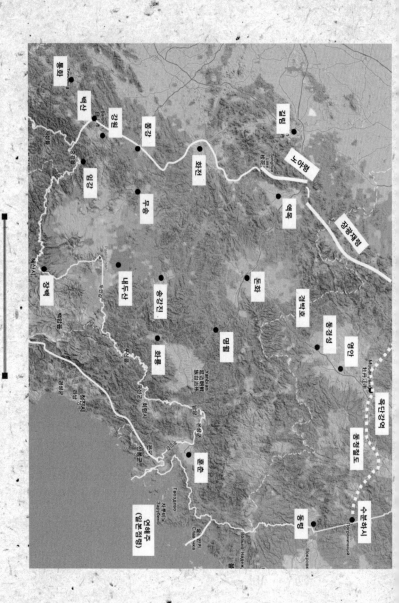

간도 지우주

통화

백산

경원

용강

훈춘

화진

길림

노야령

영북

청광철도

운암

무송

장백

내두산

중강진

돈화

경박호

송강성

양영

화룡

안도

영안

독단강역

동경철도

연해주
(일본 점령)

수분하시

동녕

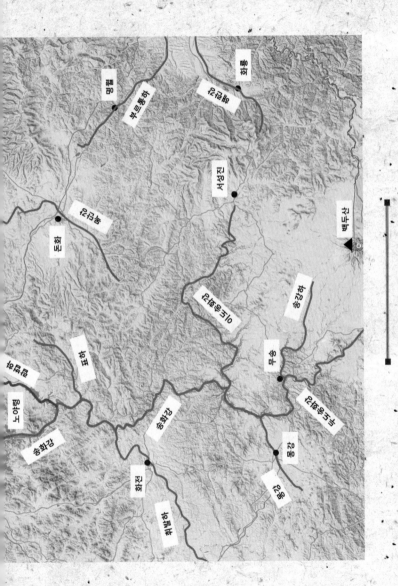

간도 지역 수계도

마적들의 침입로